途中

王永娟 著

中国文史出版社

图书在版编目(CIP)数据

途中 / 王永娟著. -- 北京 : 中国文史出版社，
2022. 10

ISBN 978-7-5205-3600-4

Ⅰ. ①途… Ⅱ. ①王… Ⅲ. ①随笔-作品集-中国-当代 Ⅳ. ①I267. 1

中国版本图书馆 CIP 数据核字(2022)第 132692 号

责任编辑：卢祥秋

出版发行：中国文史出版社
社　　址：北京市海淀区西八里庄路 69 号院　邮编：100142
电　　话：010-81136606　81136602　81136603（发行部）
传　　真：010-81136655
印　　装：北京新华印刷有限公司
经　　销：全国新华书店
开　　本：720×1020　1/16
印　　张：14. 75　　　字数：159 千字
版　　次：2022 年 10 月第 1 版
印　　次：2022 年 10 月第 1 次印刷
定　　价：56. 00 元

目　　录

第三辑　读书求真

第四辑　且行且思

第五辑　草木潞园

涓涓细语（代序）

最早接触永娟的文字，还是在她的微信公众号“永娟闲话”里，更新不勤，但每一篇都回味隽永，耐人咀嚼。待到五年前读她的散文集《苦乐年华》，更为她笔端流淌的人生况味、涓涓深情所触动，对她质朴自然、清丽隽永的文笔心生仰慕。后来交流多了一些，感知到了她淡然的神情、超然的心态和对文学的执着。这次读她的书稿《途中》，自然将其人与其文融合起来了。永娟嘱我作序，惴惴之余，亦觉责无旁贷。细品美文，齿颊生香，于是欣然命笔。

我想用“人淡如菊”和“静水流深”两个词来形容永娟的为人和为文。

一、人淡如菊

其为人文静娴雅，闲适恬淡，悠远的神情，像天边的流云。每次谈到她精彩的公开课和新发表的论文，她总是归功于领导、同事和同学，说话柔声细语，眉目间云淡风轻。去年上班途中快递小哥将她撞伤，她怕耽误人家送餐迟到，抬手让人走了。到医院一查——骨折，害她卧床三个多月，她说起来没有半句怨言，嘴角微翘着说："不然能怎么样呢？"超然物外，天外来客的样子非常人所能及，其淡也如此。

其为文，写人记事，娓娓道来，如话家常；写景状物，笔触细腻，如深林中一股细流，漱石有声。在她回忆启功先生的文章里，在她怀念爷爷奶奶的文章里，都让你感受到一种"明月松间照，清泉石上流"的意境。所谓"一语天然万古新，豪华落尽见真淳"，永娟文字之谓也。语言风格朴实自然，又不乏清新俊逸之笔。素颜相对，一派天然，不加雕饰，不染半点儿尘滓，举重若轻，还真有点儿大师范儿。

二、静水流深

永娟为人一向比较低调，然细品其文，并不像她自谦的"粗鄙的文字"，而是描述精致，时有隽语。刻画人物三言两语而形神毕现，掩卷回思则情态宛然。议论不多，言辞不激切，但每一发则切中时弊，令人回味不已；抒情不烈，少铺排渲染，但情融于物事，字里行间真情洋溢，感人至深。高端的食材只需要简单的烹饪，有故事的人生又何须文字矫饰。弄文而不转文，蓄势而不造势，和她的为人一样，不张扬，不做作，不矫饰，但平实的文字下面，却涌动着激情，蓄存着深厚的文学素养。

永娟北师大毕业后，来潞河中学已经十六年了。她总说，是潞河成就了她的文学梦。这不由引起我对潞河教育、对文学课堂、对教师素养的一点儿思考。

人们常说"潞河是一块文学的沃土"，我深以为然。潞河中学有一百五十五年的建校史。对于潞河中学的介绍，我特别喜欢引用潞河校友、著名通州籍作家刘绍棠先生的《野婚》中这段文字：

通州潞河中学，五十年代是京东一市十三县的最高学府，一百多年的金字招牌，国内外都享有盛名。校园南北一里，东西二里，七八百亩大，只有五六百名男女师生，是一座洋式大观园。眼下的北京大学，未名湖畔方圆左右是老燕京大学的旧址。然而，有谁知道，潞河中学乃是老燕京大学之父。美国教会创办了潞河中学五六十年之后，才又开办燕京大学。燕京大学的亭台楼榭、园林景观，完全模仿潞河中学的格局，几乎跟潞河中学一模一样，只不过放大了尺寸。燕京大学有未名湖，潞河中学有协和湖；燕京大学有燕南园，潞河中学有潞南园；燕京大学有湖心岛，潞河中学也有湖心岛……燕京大学个大辈小，潞河中学个小辈大。

我们且不说它由美国基督教公理会的“潞河男塾”到现在“潞河教育集团”数易其名的时代变迁，也不说它与北京大学前身的燕京大学有如何深厚的渊源，也不说从这里走出的数十名将军和院士，也不说中国第一支举行国际足球比赛的“协和书院足球队”二比零的战绩，也不说从潞河校园走出去的“西部歌王”王洛宾，也不说通州第一个党支部在潞河中学成立的红色历史，单说著名作家刘绍棠，在潞河中学读高二时就发表了他的第一篇作品《青枝绿叶》，第二年就被收入高中语文课本，这个轰动文坛的传奇就发生在潞河校园，足以鼓舞潞河人的文学创作热情。潞河丰厚的历史文化背景为创作者们提供了肥沃的文化土壤，路河的古木、青砖、碧水、白鹅为创作者提供了丰富的心灵滋养。近十年来，在校领导的支持和倡导下，潞河掀起了空前的文学创作热潮，开创了文学教育的大好局面。

语言、文字、文学、文化，在语文诸多元素当中，文学无疑是重中之重。语文教师的文学素养也是衡量专业水准的一个公认指标。每当置身山清水秀、柳绿花红的优美环境，或者登高临海、思古怀乡之际，就会有同伴提议：语文老师来首诗吧。可见，写诗作文、出口成章于语文老师而言，是理所当然、责无旁贷的。可以这样说，写作之于语文老师，仿佛明月之于星空，红日之于晨光，落雪之于冬林，油纸伞之于雨巷，少了前者，整幅画面就少了灵魂。不会写作，是语文老师的缺憾。潞河中学语文教研室一向重视文学教育。文学课堂、文学社团、作文大赛、图书馆自由阅读等特色文学活动开展得有声有色，营造了良好的文学创作氛围；以全国作文大赛屡屡获奖、高考满分作文层见叠出、学生作品频频见诸报刊和出版、多名语文老师的十几部著作先后出版等为标志的文学教育硕果累累。

值此潞河中学建校一百五十五年之际，永娟以散文集《途中》结集出版，既彰显了潞河人的文学素养，又是对潞河校庆最好的献礼，可喜可贺，特作此序。

李岫泉

2022 年 5 月 4 日

第一辑　忆旧怀人

Yi Jiu Huai Ren

中秋忆（一）

昨晚，我是流着眼泪入睡的。只因睡前看到了哥哥写的一篇回忆爷爷的文字，眼泪和对爷爷的思念都不可遏止地流淌起来。

爷爷健在的时候我还小，有几年爷爷去了远在宁夏的伯父那里，不在家。

对爷爷的最早记忆是爷爷从宁夏回来了，坐在房间炕上休息，母亲在厨房喊我，爷爷催我答应："你问（你妈）'干啥呀？'"我不会说"干啥"，只会说土话的"弄啥"。听爷爷这么说，我的土话难为情地出不了口，他教我的话我也不好意思去学。就这样，母亲一连喊了我好几声，爷爷又在一边不停地催我问"干啥呀？"我只好跑去厨房看母亲到底为啥叫我。

爷爷是从城里回来的，不仅会说几句"文话"（家乡人管普通话叫"文话"），穿衣打扮也和村里的老头不太一样：一身蓝布中山装，一副老花镜——夏天的时候出门还会戴一副石头墨镜。据说爷爷年轻的时候在县城的餐馆当跑堂，人干净利索，没受过太多农村的苦，所以到老了，依然腰板挺直，加上常年一身中山装，有点儿像退休老干部呢。

爷爷饭量好，家里有一个专门的老碗是给爷爷盛饭用的。冬天的时候，一老碗稠稠的玉米粥，爷爷端在手里，也不怎么就菜，三下两下地，一边吹着刚出锅的热乎气，一边呼噜呼噜地就吃干净了。吃完还要把碗舔干净，玉米粥就会有一点儿沾到他下巴处的白胡子上。爷爷放下碗，满意地打个嗝，边擦胡子边站起来，脸色也红润起来。爷爷去世后，那个碗就闲置了，因为家里没有人能吃完那一老碗饭。

爷爷精神矍铄，八十多岁了，依然能拉架子车。吃完饭，爷爷活动活动，就拉上架子车，去城后（据说很久以前村里是有土城墙的，我们家住在后城墙根下，把城墙后面就叫“城后”）的土壕里拉一车干土，回来垫猪圈。

我上一年级的时候，被班上的男孩儿欺负。每次放学回家的路上，都有几个调皮的男孩儿从后面冲上来，在我的背上砸一锤然后跑开。我哭着回家告诉妈妈，妈妈说：“让你爷收拾他们。”爷爷听见了，虎着脸说：“把他的！走，不怕！”下一次放学的时候，爷爷就在路边站着，那几个男孩儿再也没敢打过我。

村里有红白喜事的时候，爷爷去吃筵席，总要悄悄地带几个“米夹夹”（用筵席上的小馍馍加点儿米碗子——家乡美食，用糯米、红枣、蜂蜜等蒸制而成，只有过年或红白喜事时才做），放在口袋里，带回家给我吃。我接过爷爷手里的米夹夹，高兴得就像过年一样。爷爷也笑眯了眼。

爷爷话不多，脸上时常带着微笑，嘴里有时哼几句秦腔，似乎从来没有什么烦心事。有一年，家里突然出了变故，母亲得大病住院。父亲带着母亲去省城西安的医院看病，正值秋收，父亲安顿好母亲，又赶回家里收玉米。那时，哥哥姐姐都在上大学，家里就剩我和爷爷。父亲带着我去地里掰玉米，爷爷在家给我们做饭。那是第一回吃爷爷做的饭，面擀得又薄又筋道，也是第一回看到爷爷的愁容。他悄悄地问父亲："永生（我哥的名字）他妈的病怎么样？"父亲安慰爷爷："没事，你别管。"可是，祸不单行，就在家里因母亲生病而仿佛天塌下了一半时，有一天父亲又接到了宁夏伯父去世的消息。父亲对爷爷隐瞒了这个噩耗，只说他要去西安看我母亲。不知道是不是父子连心，爷爷那一天突然在上厨房门口的台阶时跌倒，父亲一把扶起爷爷，我看到爷爷的脸蜡黄。爷爷说没事，要我父亲赶紧收拾去西安。父亲去宁夏处理好伯父的后事，又去西安照顾母亲。我和爷爷在家过了两个多月相依为命的日子，直到母亲病愈回家。那段日子，我仿佛再也没看见爷爷笑过。几年后，爷爷去世前弥留之际，父亲趴在爷爷的耳边告诉他："爸，我哥先走了。"

爷爷具体活到八十几岁，我也不清楚。只记得有一天放学，远远看见有穿白色孝服的人从我家出出进进，我有了不祥的感觉，赶紧往家跑。跑到家门口正好碰到父亲，他拉住我，说："你爷爷走了，你去看看。"我就跟着父亲，到了爷爷的屋里。房间的地上放着一张床，爷爷就平躺在上面，好像睡着了一样。"看一眼就行了。"爸爸说着，就拉着我走开。我说不清心里是什么感觉，难过还是害怕？

晚上，我被大人们全副武装——穿上孝衣，戴上孝帽，拄上孝棍，跟在祭奠队伍的后面去祭奠爷爷。祭奠仪式应该是很隆重的，有请来的唱秦腔的班子，还有很多村里的人围观。但这些我都听不见，看不见，我只记得我一直哭，一直流泪。后来，听母亲说，仪式结束后，人们都夸我，说我孝顺。

对爷爷，我不知道自己是不是孝顺。爷爷生前，我似乎也没有为他做过什么。中秋将至，哥哥想起了爷爷。如果不是哥哥的文字，我恐怕也不会去想已经作古二十多年的爷爷。

记得小时候每年的某一天，爷爷会买回来一瓶罐头，启开，叫我和哥哥姐姐一块儿吃，那罐头可真香甜啊。后来听姐姐说，那一天就是爷爷的生日。我们那儿的人，可能因为生活贫穷，都不兴过生日，所以我们也没人去记爷爷的生日，去为他过一次。

在这个回忆起爷爷的晚上，我的心里涌上一个强烈的愿望：如果时光能够回到爷爷生前，我多想为爷爷过一次生日，也给他带去他爱吃的罐头、米夹夹……

如果……

2018. 9. 22

中秋忆（二）

我没见过我奶奶。第一次听到奶奶的声名还是从一个陌生人的嘴里。

很小的时候，大概刚开始记事，有一天母亲带着我和我哥我姐走舅家。舅舅家离我们家很远，中间还隔着一道沟。那时候没有什么交通工具，即使有，对于翻沟也没有帮助。走亲戚是名副其实地用脚走。我们从舅舅家回来时，先顺着沟一侧的羊肠小道提心吊胆地连滑带跑下到沟底，再沿着另一侧的羊肠道艰难地攀爬上沟，累得呼哧带喘的。

母亲给我们鼓劲，说再走两步就到前面的村子歇歇脚。至今记得村名叫善化寺，长大识字后想来，这个村里的人难不成都乐善好施？村里有家药铺，母亲就带我们进去看看，权当歇脚。药铺里只有一个卖药的，是个上了点儿年纪的男的。我们进去时他主动搭讪："你们不是这个堡子的吧，你们是哪个堡子的？"母亲就告诉他我们是三星堡子的。"哦，三星是个大堡子嘛。三星堡子谁家？娃他爷叫个啥？"母亲又告诉他我爷的名字。"哦，知道知道。你婆是不是叫王桂英？"他转向我哥我姐问。我哥我姐腼腆地答道："就是的。" "你婆那时是大队干部嘛，人能成得很……”卖药的说了几句话，我记住了这句。

回家剩下的路都是平路，哥哥姐姐一路上谈论着那个药铺的人竟然知道我奶奶，大家都很兴奋，走得也快，不知不觉就到了家。

就这样，我第一次知道了奶奶的名字。

小孩儿有小孩儿的世界，很快，这件事就被我抛到了脑后。

时间到了旧历的年底，除夕前一天有人送来一张带日历的年画，上面还有毛笔字：“祝王桂英家属新年快乐。”哥哥姐姐拿着画念上面的字，我才又想起那个卖药人说的关于奶奶的话，这张年画证明了奶奶真的是大队干部。以前是不是送来过画，我没印象，以后倒是送过几年，后来也不再送了。

大年三十的傍晚，父亲踩着凳子，从立柜顶上取下一个用牛皮纸包着的长方形的东西，吹去纸上的灰尘，轻轻地拆开纸，原来是一个镜框，里面是一幅照片。“这是谁呀？”我问。父亲说：“这是你婆。”父亲又找来抹布，将镜框擦得干干净净，摆在桌子的正中央。母亲端来两个盛着花生瓜子的碟子，还有一个盛着麸子的碗，又找出香给父亲。父亲点上香，对着奶奶的相片恭敬地拜了几拜，再把香插到麸子碗里。

我看着照片上的奶奶，穿着一件黑色斜襟布衣，头发往后梳，一丝不乱，眉眼清晰，神态端庄。

这是记忆中第一次看到奶奶的相片。对于小小孩儿的我，可能因为奶奶的装束，也可能因为陌生，只觉得奶奶像是一个古代的人，离我的世界很遥远。

大年初一的早上吃浇汤面。母亲做好面后先给奶奶相片前的桌上放一碗，还在碗边边上放了两根香。我问母亲这是做啥，母亲说：“这是筷子，你看着，如果筷子掉了，就是你婆吃了。”我就蛮有兴趣地趴在桌子上，一直瞅着那两根香。不一会儿，掉下来一根香。我连忙跑去告诉母亲：“香掉下来了，我婆吃了。”母亲笑着说吃了好，然后叫我哥把碗端回来。

许是我小，没人对我专门说过我奶奶。对奶奶的了解，都是在我长大的过程中，一点儿一点儿从大人偶尔的闲谈中左一耳朵右一耳朵听来的。这听来的信息拼凑一下，拼成一段奶奶的生平。

奶奶的娘家在我们隔壁堡子，家里兄妹二人。哥哥在镇上的集市当卖牛马的经纪，也就是在买家和卖家之间做中人，说合价格，促成交易，为人精明豪爽，在家乡一带小有名气。妹妹就是我奶奶，年轻时嫁给我在县城餐馆跑堂的爷爷，育有三男二女。

奶奶是个普通的农村妇女，不识字，和当时的农村女性相比，又有一点点不一样，就是没裹小脚。没裹小脚的奶奶走起路来两脚生风，再加上和她兄长一样风风火火的性格，奶奶办事爽利，有主见，是家里的管事人。

新中国成立前，村上组织妇女为解放军做军鞋。走路方便的奶奶主动承担起去各家各户收军鞋，再将收齐的军鞋上交村上的任务。由于奶奶对公家事业的热心和贡献，新中国成立后，奶奶被选为村委会妇女主任，主要负责全村的妇女工作。

奶奶劳动积极，干活不惜力，人民公社时期，被评为“务棉能手”。去县里参加表彰大会要发言，大队文书提前写好了发言稿给奶奶揣在兜儿里。奶奶不认识字没法照着念，就把稿子放一边，自己发言。她的好口才赢得满堂喝彩。后来，奶奶因为出色的工作表现，还当选了县委委员。

奶奶既要管小家，又要忙公家的事。奶奶的小儿子也就是我的叔叔当时还年幼，为了照顾叔叔，又不耽误公务，据说奶奶开会时还带着孩子。每日不停劳碌，奶奶的身体健康慢慢受到损害。

20 世纪 60 年代，全国上下掀起了轰轰烈烈的“农业学大寨”运动。1968 年秋季，全县机关干部、农村社队干部五千多人奔赴山西太行山腹地的大寨村参观学习。奶奶也是其中的一员。路途颠簸，工作劳累，从大寨回来后，奶奶就一病不起。很快，她就丢下爷爷和尚未成年的叔叔离开了人世。年仅五十岁。那时，我的哥哥还未满一岁，离我出生还有十年。

这就是我听来的奶奶的一生。

长大后上学、离家。不常在家待着了，不知道人们在闲谈间还会不会提到我奶奶。

今年暑假回家，一个伯伯来串门，说话间提到我爱写文章，应该写写家族的历史。我听了笑了笑，心想我哪有那个本事。不过伯伯的话对我还是产生了一点儿影响。之后的一天晚上坐在院子里乘凉的时候，我特意向父亲问起了奶奶。

父亲对我讲了奶奶的一些事。他说解放后，奶奶是村里第一个剪掉头发的人。我很纳闷儿：“不对呀，我看我婆的照片上头发是向后梳的，应该是个‘罐罐头’（家乡农村老太太的发型，将长发绾成髻用发网固定在脑后）啊！”父亲笑着说：“你婆确实是剪成新式的短发了，本来是披着的。我当时小，不懂事，看你婆每天顶着那样的发型出来进去的，耳朵背后都觉得烫。后来可能是说的人多了，你婆只得用发卡把头发别起来，从前面看好像还是梳的‘罐罐头’。”

我恍然大悟，小时候照片上的奶奶给我留下的古老陈旧的印象一下子得到了改观。原来奶奶是响应新时代、新风尚的新女性呢！

说到照片，父亲说那其实不是照相机照的，而是画的。当时奶奶去世得太突然，没有遗像，是在外地工作的伯父拿着奶奶生前唯一一张和别人的合照找人画的。父亲在感叹画像画得很真实之后，伤感地说："你婆和她哥都命短，都五十来岁就殁了，唉……"

一旁的母亲说："其实你婆年轻时身体好得很，我在你舅家时都是喝凉开水，你婆却喝生水。我来咱家后，专门给我准备的凉开水。你婆还跟我说笑：'这是给你老人家凉的凉开水。'"说到这儿，我们都笑了起来。

母亲还说，奶奶知道她爱做针线，就让伯父托人在外地给家里买了台缝纫机，让母亲学缝纫。这可是破天荒的事情，在很长一段时间，那台缝纫机都是村里唯一的一台。后来的几十年里，母亲用这台缝纫机给别人加工衣服挣钱贴补家用，养活了我们一大家人。为此，母亲感念奶奶一辈子！

我没见过我奶奶，我只能把我听到的用简单的文字记下来，为我平凡而又似乎不太平凡的奶奶在这人世间留下一点儿痕迹，以做纪念。

2018. 9. 24

冬　　天

据说东坡先生有“赏心十六事”，像“乞得名花怒放”“操琴听者知音”“月下东邻吹箫”等等，对我来说，这些都“雅”不可及。周末的早晨，孩子酣睡未醒，我亦不必着急忙慌地起床，能赖在被窝里刷会儿手机，已经觉得是良辰乐事了。如果刷着刷着，还能刷到一篇美文，慢品细赏，那就是再惬意不过的赏心之事了。

今天早晨，就是如此。躺在暖暖的被窝里，刷到一篇汪曾祺的《冬天》，在这窗外冷飕飕、灰蒙蒙的冬晨读来，很是应景。

简朴至极的文字，如话家常般将我带到冬日江南的烟火人间：拆帐铺草，生火取暖，吃蟹油煮乌青菜，折蜡梅春粉子……虽都是我这个北方人不熟悉的生活，但“家人闲坐，灯火可亲”的温暖和幸福感却如春风般拂过我的心田，也唤起我对儿时冬天的回忆。仿汪曾祺的《冬天》，也写一篇我的《冬天》。

入冬前，母亲选一个大晴天，将压在柜底的厚棉被、棉褥子都拿出来晾晒一番。天气一变冷，这些还带着太阳味道的棉被棉褥就暄暄乎乎地铺在了炕上。

炕仓里有母亲早起塞上的玉米秸秆。吃过晚饭，收拾停当，母亲就蹲在炕仓前，点火烧炕。玉米收获后挖下来晒了一个秋天的秸秆遇上火苗，瞬间就噼里啪啦地燃烧起来，红红的火光映红了母亲的脸。母亲用一把竹扇轻轻地扇着风，让火烧得更旺。炕洞口的秸秆快烧尽的时候，母亲就放下扇子，拿起灰耙，将火灰往炕洞深处捅一捅，将还未烧着的秸秆往外耙一耙，让其充分燃烧。烧完后，母亲再用灰耙将火灰捅匀，让炕的各处都能受上热。最后，插上炕门，炕就烧好了。打扫干净屋子，母亲将一天的活计安顿停当。这时候，在家忙了一天的母亲会出门走走，散散心。碰到邻居街坊，大家先互相问一句："炕点了吗?""点了。"

到了晚上，炕逐渐地热上来，再盖上厚厚的棉被，被窝里就是寒冬腊月里最舒服的地方。不管窗外是呼呼的北风，还是茫茫的大雪，都可安睡。

早上醒来要离开被窝，是痛苦的事。那时候没有秋裤，都是光着腿直接穿棉裤。把在被窝里捂了一晚上的热腿伸进冰冷的棉裤的一刹那，就像掉进了冰窟窿。我先伸一条腿进去试探一下，冷得不行，吱哇乱叫着，又缩回被窝，迟迟不愿再穿。这个时候，姐姐有自己的"妙招"。她把棉裤在炕上放好，然后开始数数："一、二、三……"当快数到"三"的时候，两条腿迅疾地离开被窝，两脚顺着裤管猛地一蹬，身体往上一跃，已经穿好棉裤站在了炕上，得意地催我快穿了。我啊啊呀呀地哭喊着，学着姐姐的样儿，长痛不如短痛地也快速穿好。好在忍过刚伸进裤子的那一时，随着身体的活动，也就不觉得冷了，赶紧洗把脸，背上书包，飞奔向学校。

为了保持炕的热度，母亲有时候一天烧两次炕，早上一次，晚上一次。这样，不管是晚上还是白天，炕上都是暖和的。一回家就脱鞋上炕成了冬天的习惯。连吃饭也从地上转到了炕上。

冬天常吃的饭是玉米糁子。秋天新收的玉米碾成细小的碎粒，稠稠地煮上一大锅，凉拌一盘萝卜丝，就是冬日的早饭。母亲把炕桌往炕上一放，我和哥哥姐姐围上去，一人一碗黄灿灿冒着热气的玉米糁子。我呼噜吃一大口，太烫！母亲教我，要用筷子顺着碗边一点儿一点儿划着吃，还可以就着凉菜一起吃，就没那么烫了。母亲一边教，哥哥姐姐就在一边用很夸张的动作吃给我看。我学着他们的样子吃完一碗热粥，头上都冒汗了。姐姐说我吃得不干净，要我舔碗。我伸出舌头，瞎舔一通，弄得眉毛、鼻子上都沾上了糁子，看着我的怪样儿，全家都笑了起来，我也跟着笑。

玉米糁子吃完后，锅底会留下一层锅巴。母亲用锅铲把它铲下来，浇一点儿蒜水上去，筋筋的，油油的，是哥哥和姐姐争着抢着吃的美味。有时候，火大了，锅巴会烧煳变黑。母亲舍不得倒掉，说吃黑锅巴会捡到钱，我一听，就抢着去吃。一股煳味儿，实在不好吃。母亲笑着端过去自己一点点吃掉。

还有玉米面蒸的玉米粑粑。用水加白糖和玉米面，揉成不软不硬的面团，将整个面团平整地铺在笼屉上隔水蒸熟。凉凉后，切成方块，软软的，甜甜的，是我们小时候的“面包”。周末的早晨赖在炕上不起，母亲就端来她不知道什么时候已经蒸好的玉米粑粑给我吃。我靠在炕头，坐在被窝里，一边香香地吃，一边看母亲在缝纫机上做衣服。

在我的记忆里，母亲似乎没怎么在炕上坐过。早上很早的时候，我们还在睡觉，母亲就起来了，扫院子，做饭，然后坐在缝纫机前做衣服，从早忙到晚。即使吃饭的时候，也是坐在炕边，一只腿盘起来放在炕上，算是歇息。我问母亲："妈，你早上起那么早，在外面不冷吗？"母亲笑笑说："干活的人不知道冷。"

一到冬天，天寒地冻的，也没什么玩儿的。在学校，上了一节课，脚都快冻僵了。一下课，我们就赶紧跑出去，两人一组玩"踢脚"游戏。一边踢，一边嘴上喊着："一二三四，二二三四……"一直数到"八二三四"，冻僵的脚才慢慢地缓和过来，上课铃也响了，赶紧跑回教室。

有一年夏天发大水，村口的大壕里积满了水，到了这年冬天，冻得严严实实，成了一个天然冰场，倒成了我们的乐园。我们在冰上追逐打闹，跑热了，干脆躺在冰面上凉快凉快。

小时候体弱多病，特别是一到冬天，发烧咳嗽，十天半个月地不见好，经常病恹恹地躺在炕上，没有精神。一天，还在炕上躺着呢，听哥哥在院子里喊我。我爬起来，站到炕上的窗户跟前往外看，看见院子中间有一个小雪人。原来是哥哥在我睡着的时候，用院子里的积雪堆成的。雪人的脸上嵌着两颗碳，是它的眼睛，身上还插着一根枯树枝，好像在向我招手。哥哥站在雪人旁边，嘻嘻笑着指着雪人让我看，看着哥哥和雪人，我笑了，哥哥更开心了。

腊七腊八，冻掉下巴。到了冬天最冷的时候，吃过腊八面，大人们忙着赶集准备年货，小孩儿们也兴奋起来，不怎么往炕上坐了，老跑去厨房踅摸。快过年了。

2018. 12. 1

我的 1999

当岁月的指针指向 2019 年的时候，一个具有纪念意义的年份——1999 年突显了出来。高中同学群里发出了毕业二十周年聚会的倡议，大学同学群里也传出了纪念相识二十载的呼声。

二十年，弹指一挥间！

二十年前的一幕幕，仿佛就在昨天！

刚刚过完 1999 年的新年，我和相伴近十二载的好友就骑上自行车，车头挂着过年蒸的雪白的馒头和塞得满满的一罐酱辣子去学校补课。漠谷沟底的水还没有解冻，天气依然寒冷，在没有任何取暖设施的教室里，我们一边轻轻地触碰着冻僵的双脚，一边听老师讲题。

紧张的高三生活，所有人都在暗无天日的题海中摸爬滚打，一场考试接着一场考试，不知道什么时候才能熬到头，更不知道等待着我们的会是什么结果。我和好友放松减压的办法就是每考完一次试，去学校外面的书店，一人花五毛钱租一本言情小说，交换着看。故事千篇一律，但爱情毕竟是有人性、有温度的，多少可以给我们一点儿对抗冰冷的考试的力量。

临近高考，天气一天比一天热，再加上晚上熬夜，白天上课昏昏欲睡。教室里除了英语老师讲题的声音，一片“死寂”。突然，“咚”的一声巨响，平地一声雷，我一个激灵醒了过来，抬头看见老师吃惊地看向我这边。原来是我同桌见我打盹，按照我们事先约定好的——如果我睡着了就砸我一下，狠狠地在我背上捶了一拳。这一拳把我打醒了，班上其他人似乎也“活”了过来，教室里有了生气。

高考前放一星期假，让在家自由复习，考试是去别的学校考，我们迎来了高中住宿生活的最后一晚。我和好友收拾宿舍的东西，把不用的破书烂纸打包卖给了收破烂的，一人卖了两块钱。用一块钱买了一张饼，一块钱租了两本言情小说。一边吃饼，一边看书，过了最后一晚。

在家复习期间，每天吃完早饭，我拿起复习资料，先在地上看，再转移到炕上，然后慢慢地睡着。母亲无奈地说：“都要高考了，咋这么多瞌睡？”

那时的高考还在七月份，后来听说因为天气太热，影响考生答卷，就改在了六月份。但是，说来奇怪，我们那个地方每年高考前都会下场雨，缓解了天气的炎热。人们说，这是老天爷在帮学生娃。

那一年采取“3+2”的考试模式，文科考的是语文、数学、英语加政治和历史。两天半的考试稀里糊涂地就过去了，只记住作文题目是《假如记忆可以移植》。

高考完紧接着是估分填志愿。学校给每人发一本答案，自己去估算成绩，然后对照往年的高考录取情况填写志愿。哥哥从单位赶回来帮我填志愿。经过艰难的算分、研究学校，我和家人拟定了两条原则：一是根据我的喜好，按照文学、新闻、法律、政治、经济的顺序选专业；一是第一志愿填北京的学校，剩下的全填省内的，去不了北京就留在省会城市。北京的填啥呢？父母和哥哥很快达成共识：就填北师大。父亲说："女娃嘛，教书挺好的。教书嘛，那就北师大最好。"于是，我的第一志愿就填写了"北京师范大学汉语言文学专业"。

七月底八月初的时候，接到了录取通知书。通知书是学校的领导专程送到家里来的。我不在家，家里只有姐姐。姐姐说，她的手有福气，当年哥哥的大学录取通知书也是她接的。如家人所愿，我被第一志愿录取。

那一年，我所在高中的高考取得了前所未有的辉煌成绩。清、北、人、师、北航、北科大、复旦等名校都有同学考上，还出了个全省理科状元。一时之间，名声大噪，风光无限。

我心里觉得美滋滋的是：我们班的第一考上了人大，第二和我都考上了北师大，而且是同一专业。整个高三，我的成绩始终"屈居"第三——只在一次模拟考试中因"第一"和"第二"作文跑题，我一跃考了个第一。这样的高考结果总算让我这个"千年老三"找到点儿平衡。

一切尘埃落定之后，轻松愉悦了一段时间。这段时间还被一位表嫂请去她家给两个孩子补习功课。那年暑假，正是《还珠格格》热播的时候。一到开播时间，家家户户都传出"有一个姑娘，她有一些任性，还有一些嚣张……"或者"你是风儿，我是沙，缠缠绵绵绕天涯……"的歌声。我和小朋友看看电视，给他们讲讲题，日子过得倒也惬意。

这段时间有一件事让我记忆深刻。还在上小学三年级的小朋友问我："姑姑，你为啥不上人大？"我反问她："为啥要上人大?”她说：“上人大能当官呀!”——到现在想起来，我还惊叹小朋友的早熟。

大学开学前，母亲和姐姐带着我去县城，为我置办行装。前所未有地，一次性给我买了好几件新衣服！还给我准备了几千块钱的学费和生活费，我平生第一次有了那么多钱（后来有个让人惊喜的小插曲，报名的时候才得知我学的专业属于师范专业，免学费。原来是当时写着各个专业学费数目的报纸上印错了，把本应是中文系另外一个专业——编辑出版专业的学费写到了汉语言文学专业的后面。我当时又惊又喜，把省下来的几千块学费钱存进了银行，用了好久)!

姨和表哥要去看望在北京工作的表姐，正好可以送我去上学。十八岁的我，第一次离开家，第一次坐火车（大概是言情小说和《还珠格格》看多了，火车上看到一个男孩儿，觉得长得特像苏有朋，还多看了人家好几眼)，第一次上北京……

到北京最先记住的地方是老舍茶馆和新华通讯社。因为到了北京西站，要去表姐家，需要在前门坐公交车。在公交车上从前门往西，看到路旁掠过的老舍茶馆、新华通讯社的牌子，心里感叹：以前耳闻的地方竟然眼见为实了!

到北京吃的第一顿饭是表姐请我们吃的老北京涮羊肉。

表姐和姨、表哥一起把我送到了学校。安顿好住宿后，又带着我去学校的超市买洗脸盆、饭盆等一应生活用品。我捧着一大盆东西，心想：以后生活都要靠自己了。

把我安顿好，他们就离开了。我强忍着泪水送走了姨和表姐，一转身便泪如雨下。心里喊着一句话：就剩我一个了！就剩我一个了！前所未有的孤独、害怕向我席卷而来。第一次体会到孑然一身、举目无亲的感受。我想给家人打电话，可是那时候家里没有电话，我就用女生宿舍传达室的电话打到姐姐家。接电话的是她公公，我只得控制住自己的情绪客气地说了几句。挂了电话，我的眼泪再次奔泻而出。我在宿舍楼下的院子里茫然无措地走了好几圈，最后，不得不擦干眼泪回到宿舍。

我好像是我们宿舍第一个报到的，紧接着来的是老牛，她妈妈送她来的。上大学之前我曾想着要来个改头换面（开学不久还专门去剪了头发），从原来的胆小内向变得落落大方。老牛和她妈妈给了我实践的机会。因为我来得早，多知道一些办理相关手续的程序，于是，我就暂时收起了悲伤，热情友好地帮助老牛和阿姨做一些事。后来老牛告诉我，她妈妈一个劲儿地夸我，说我多大方，多懂事。我笑着说，那都是装出来的。已经对我很了解的老牛还有宿舍的其他人都笑我真会装。

宿舍八个人都到齐了，来自八个不同省的八个人开始了同住一个宿舍、同去一个食堂、同上一堂课的同窗生活。

全校的开学典礼在操场举行，讲话的人留下印象的是书法家启功先生和世界象棋冠军谢军（据说当时在北师大读博）。这是长这么大第一次见到名人。

中文系的开学典礼，中国民俗学的奠基人九十七岁高龄的钟敬文先生出席并讲话。老人精神头儿挺好，一连讲了两个多小时，我们在下面都快睡着了。后来想起此事觉得又羞愧又好笑。

很快到了国庆节。1999 年是五十年大庆。我们的上一届学生有选去 10 月 1 日这天在天安门广场走方阵的，我们特别羡慕，恨自己为什么没有早一年考上大学。我们在宿舍的电视上观看了国庆大典，虽然不能亲临现场，但也感觉自己离得很近。

10月2日宿舍八人去了天安门，内心激动无比。从西单到天安门，一路上可以看到装饰得很隆重的花坛。我们手举小红旗在天安门城楼前照了几张照片，我还特意单独照了一张，并提醒同学：毛主席像要照得清楚一些，因为要寄回家给我妈看。天安门广场上排列着前一天游行时代表各个省的花车。我们几个人纷纷寻找自己省的花车合影留念。

国庆节后，一场秋雨，气温陡降。我带来的衣服都是夏天的，还没来得及去买秋装，只得借同学的衣服穿。凄风冷雨，异乡漂泊之感充溢心间，以致每逢这样的天气，心里都会反复吟诵柳永的《八声甘州》："对潇潇暮雨洒江天，一番洗清秋。……不忍登高临远，望故乡渺邈，归思难收……"

虽然时不时会有这样孤寂的情绪，但大多数时候还是紧张忙碌、兴奋欢悦的。

专业课都紧紧围绕着"汉语言文学"开展，老师一边讲文学史，一边要求我们去读大量的文学作品。除了上课，就是去图书馆借书、看书。我们都感叹："爱好变成了专业，好痛苦啊!"

第一学期，古代文学史老师主讲《诗经》，每节课《大雅》《小雅》，什么"厥初生民，时维姜嫄"，什么"绵绵瓜瓞，民之初生"，听得云里雾里。还有文学概论课，各种哲学概念、美学名词折磨着我们的脑细胞。"无目的的合目的性"，这一个概念就让我们的头脑混乱了好久，遑论其他。

最喜欢上的课是一门叫宗教哲学的选修课。一位带着点儿神秘气质的中年男老师，上课经常讲一些神秘兮兮的宗教哲学故事，让我们觉得又新鲜又刺激。

还开设有中文信息处理课，第一次接触电脑，刚开始还是

DOS 系统，后来有了 Windows95，我们主要学习 Word、PPT 等的使用。保存文件用的是软盘。那时候网络刚刚兴起，想上网需要办一张上网卡，去学校的机房上。上网主要是去聊天，给自己取个网名，去网络聊天室和不认识的人瞎侃一番。后来有了 QQ 的前身 OICQ，就改用这个软件来聊天，那时候也因此流行起了交网友、网恋等。还产生了第一部网络小说，痞子蔡的《第一次的亲密接触》。

学习之余也加入了社团。我报了学生会办公室，经过笔试、面试被选上。认识了哲学系、经济系、外语系等和我同届或比我高一两届的学生。学生会主席、副主席、办公室主任还有各个部的部长们的成熟老到让我吃惊。佩服他们的能力和才华之余，也因不习惯他们的“官场习气”而多有腹诽。

因为在学生会“混”，和认识的外系的一个男生的宿舍结成了“友谊宿舍”。好像除了两个宿舍的人互通了一次电话之外，没有别的实质性的发展。

那时候，和外界的联系主要靠写信和打电话。经常写信，给家人，给原来高中的同学，也收到了很多信。每次宿舍有人收到信件的时候，其他人就一起唱张信哲的歌：“好久没有我（歌词原文是“你”）的信，好久没有人陪我谈心……”

宿舍座机铃响的时候，每个人心里都很期待是自己的电话，是自己的就一跃而起跑去接，不是自己的就暗暗失落。那一年和以后几年，用掉了难以计数的 201 电话卡。

宿舍人有一项共同的爱好，就是吃，饭量都极好。除了在食堂大吃特吃外，每到周末还要去校外一家叫“佳点利”的超市买一堆零食回来储存着慢慢吃。所以，谁都没逃过一上大学就发胖的“魔咒”。

12月份有“一二·九大合唱”，宿舍的几个人去参加系里的排练，每次回来都听她们群情激昂地唱《在太行山上》。“一二·九大合唱”上唱得最响亮的歌曲是《七子之歌》：“你可知Macau，不是我真姓？我离开你太久了，母亲……”

十天后，12月20日，迎来了澳门回归。几个考到北京来的高中同学晚上去天安门广场参加庆祝活动。因为胆小外加天气寒冷，我没敢去。有些许遗憾，毕竟一个人有生之年能够经历历史性活动的次数不多。

期末临近，上晚自习复习备考成了1999年年底最紧张的活动。每晚从教室回宿舍的路上，要异常小心地行走，防止踩到北师大著名的乌鸦从天而降的鸦粪。我们开玩笑，北师大盛产乌鸦，大概是因为学校地处索家坟和铁狮子坟之间，北接北太平庄，南临小西天，阴气太重。说到这些，大家不觉毛骨悚然，撒腿跑回宿舍。

经历过大学的期末考试，才知道“上了大学就轻松了”的话是骗人的！

放寒假了，终于踏上了回家的火车。归心似箭！

火车于清晨抵达西安，或许是天气的缘故，看向哪里都是灰蒙蒙的，楼房也很低矮。我暗自嘲笑自己：“北京回来的，觉得西安都不好了？”

虽然元旦已过，已经进入2000年，但在传统的观念里，过了春节才算过年，于是1999年就延伸到农历的大年三十。这一年的春晚可能是最好看的。赵本山、宋丹丹、崔永元的《昨天 今天 明天》，赵丽蓉的《老将出马》都成了经典。歌曲《常回家看看》《山路十八弯》也传唱了很久。和家人开开心心过了一个团圆年，在午夜的鞭炮声中告别了 1999 年。

1999 年，让我初尝离别的滋味，让我见到外面的世界，让我开始全新的生活，让我认识一生的朋友……

我的 1999，我的青春，我永久的怀念！

再回首，恍然如梦。

再回首，明了有果必有因。

再回首，感恩亲人的呵护。

再回首，感谢青春年少的陪伴。

谨以此文献给和我一起走过那一年的朋友们！献给我们的 1999！

2019. 1. 4

舌尖上的思念

体温三十八度，鼻塞，头痛欲裂，身体忽冷忽热，不知道是鼻炎发作还是感冒。腹中空空，口舌无味。躺在床上，身体在病痛中煎熬，心里反反复复地翻涌着一个念头：好想吃母亲做的饭啊！

一碗清清淡淡的面糊糊，一碟酸酸辣辣的青菜疙瘩。即使是想想，我干苦的舌尖仿佛也分泌了一点儿津液。

炉灶内的小麦秸秆慢慢地燃烧着，母亲站在灶台边，一手抓起一把雪白的面粉，均匀地撒入滚沸的水中，一手拿着擀面杖不断地在锅中搅拌。面粉不能撒太多，太多了面糊就成了糨糊；也不能太少，太少了清汤寡水，喝着无味。母亲总能把握好分寸，做到稀稠适度。还要加一点儿碱，母亲说不加碱，白白的，颜色不好看，加一点儿碱，做出的面糊绿莹莹的，好看（这是母亲多年做饭的经验，我这个文科生也说不出个道理来）。

搅拌好了，母亲又坐回锅底，加一把柴，拉几下风箱，把火烧得更旺一些。不一会儿，锅烧开了，面糊糊也熟了，出锅前，再撒上一把芹菜叶，一锅芹菜糊糊就做成了。

盛在白瓷的碗里，白绿相映，青莹可喜。喝一口，热热的、滑滑的，面粉的甜香混合着芹菜的菜香，直入我的五脏六腑。再就一口凉拌青菜疙瘩，酸辣的味道刺激了食欲，又中和了面糊的热烫，让人越喝越想喝。不一会儿，一碗热气腾腾的芹菜糊下肚，额头上冒出汗来，整个人也轻松了许多，什么病都好了。

我干咽了几下口水，昏昏沉沉地沉溺在回忆之中。

没有面糊菜疙瘩，来一碗热汤青菜挂面也好啊！小时候，一生病，什么胃口都没有，母亲就为我煮一碗细细的挂面，放几片青菜叶子。只简单地用盐、醋、辣椒油调味，病中的我吃来，却比什么都美味。每次连面带汤，吃个底朝天。母亲笑盈盈地接过空碗去："好，好，我娃病就快好了！"我病容满面的脸上也绽出花来。

多年以后，孩子生病，我也想给她做一碗那样的具有治愈功效的挂面。可是，不管我多么小心翼翼地煮面调汤，做出来的味道还是怪怪的，不似当年的美味。记得母亲曾说，面要好吃，就得醋好吃。我现在用的醋可是名闻天下的山西老陈醋，为什么做出的面还是不好吃呢？我想，一方水土养一方人。我是家乡的水土养大的，家乡水土的味道和母亲做的饭菜的滋味早已深深地刻在了我的味觉记忆中，任别的什么地方的食材作料也做不出那童年记忆深处的味道啊！

我舔舔干裂的嘴唇，任思绪翻腾。一个小时前喝下的感冒药好像起了点儿作用。头没那么疼了，脑子也清楚了一些。我不禁嘲笑起自己的脆弱来：快四十岁的人了，怎么生个病就变成了孩子，想妈妈，想妈妈做的饭了？唉，想想明天，不管病好没好，还得爬起来，去履行我这个中年人身上的诸多责任，就让我在病痛中回到童年，在回忆和想象中短暂地宠溺自己一次吧。

“人间有味是清欢”，最喜欢苏轼的这句词。病中想来，那一碗碗母亲做的面糊糊、热汤挂面就是最有味的“清欢”啊！

2019. 5. 19

端午忆

时近端午，校园里绿树浓荫，布谷声声。伏案工作的间隙每每听到布谷鸟鸣，心里总要感叹：“五月单五了，要收麦子了！”思绪也随之飘向遥远的故乡、遥远的童年……

五月单，送圈圈。
送来裹肚苫肚间。
花花绳戴在手腕腕，
香包包胸前挂串串。
雄黄药抹在屁股眼，
汤汤面香得打战战。

正像歌谣中所唱，端午节，在我的家乡叫作“五月单五”，“单”大概为“端”之转音。俗话说“十里不同风，百里不同俗”，我的家乡真应了这句话，很多风俗习惯都迥异于其他地方。就拿端午节来说，端午吃粽子似乎是常识，我的家乡却不同。我们吃一种面食，叫“曲莲馍”。

有一种说法，说“曲莲”是“屈原”的转音。但是，举国上下过端午节似乎都是为了纪念屈原，唯有我们吃“屈原馍”据说是为了庆祝屈原跳江而亡。因为我们是和屈原所属的楚国为敌的秦国人。楚国是秦国最大的威胁，而屈原是楚国最主张抗秦的大臣，他的策略对秦国非常不利，所以秦国人一直担心屈原在楚国受到重用。好在楚王昏庸，最后气得屈原跳江了，秦国解除了一大威胁，秦国人当然要庆祝。他们做成各种形状的馍，取名叫“屈原馍”，戴在手上或脖子上，让孩子们吃掉，象征着把各种不吉利的妖魔鬼怪都统统吃掉。

学术界有一种说法，认为端午节和屈原其实并没有关系。我也相信，我们的“曲莲馍”和屈原没有关系。“曲莲”，弯曲的莲花，更像是对这种馍形状的形象化命名。不信，你看：将面团搓成“圈圈”——弯曲的圆环的形状，并雕刻出各种花形，多像一朵朵面花！

对孩子而言，端午节最有趣的莫过于做曲莲馍了。端午节的前一天，母亲和好了面，在院子中央摆好桌子，家有祖母的，祖母坐在上首，大小的孩子们呼啦一下围上去，学着祖母的样子，揪一块面团，准备做曲莲馍。先将面团均匀地搓成拇指粗细的长条，再把它盘成手腕和脖颈粗细的圆圈，一个最简单的曲莲馍就做成了。祖母要做的可不是这么简单的，而是工序复杂的花曲莲。剪刀、梳子是做花曲莲的必备工具，用剪刀在面圈上剪出花瓣，剪出叶子，用梳齿在花瓣上、叶子上压出花纹，再用手指这儿捏一下，那儿按一下，一朵朵花就出现了。至于是什么花，老祖母抿着掉了牙的嘴呵呵笑着：“你看像什么花就是什么花吧。”看来这花曲莲是只求神似不求形似了，花花的好看就行。也可以捏出动物的形状：鸟、老鼠、老虎、猪、兔子……各种各样。祖母一边捏着，孩子们一边看着、猜着，不时地发出“猜对了”或者“猜错了”的哄笑声。

做好的曲莲馍摆满了一大盘，看上去真是“花团锦簇”“百兽齐舞”。母亲端回厨房，灶底用麦草生上火，在铁锅底部抹上菜籽油，将曲莲馍轻轻地摆进去，仔细地用微火烙熟。面香味和炊烟一起袅袅地从厨房飘出来。曲莲馍烙熟了，等不及凉凉，孩子们已经迫不及待地要戴在手腕和脖子上了。戴一个两个还不够，要戴满两只胳膊才满足。脖子上再戴一个大的，丁零当啷、摇摇摆摆地就走出了厨房。那样子，俨然一个个小英雄，别提有多得意了！吃，是舍不得的。先要戴着玩儿半天，比比谁戴的多，谁的曲莲馍好看。直到玩儿够了，才开始小心翼翼地吃。“哎呀，咬掉了一块花瓣!”“哎呀，咬掉了猪耳朵!”“哎呀，咬断了，戴不成了……”一边心疼着，一边又吃得津津有味。

不能全吃完了，母亲拣出十来个最好看的装进篮子，再放上早已置办好的崭新的凉背心，准备明天去姑姑家，给父亲的外甥“送圈圈”。如果是婴孩的话，会送“裹肚”（肚兜）——鲜红的布面，上面还绣着寓意吉祥的刺绣。

去姑姑家送曲莲馍是我最喜欢的任务。记忆中，每次都是和哥哥姐姐一起去送。我们早上趁天凉出发，步行去五里路之外的姑姑家。一路上，我们走在麦地田埂之上，看层层黄绿相间的麦浪翻滚，采一把狗尾草，追一趟菜粉蝶，跑得满头大汗的时候，姑姑家也快到了。姑姑见我们来了，喜笑颜开地拉过我们的手，又是倒水，又是切西瓜，还要准备一顿丰盛的“汤汤面”款待我们。下午，等太阳不那么毒了，我们也要返家了。姑姑总要追出来塞给我两毛或者五毛钱。那时候，对小孩子来说，这可是一笔巨款。推托不过，只好红了脸揣在兜里带回家。

回家的路走得很轻快，因为想要早点儿赶回去，看看我的舅舅给我们送了什么。舅舅送的背心，一穿就是一个夏天。

端午节过后一两日，布谷鸟叫得更响了，那是在催促人们赶快收麦子。父母找出割麦子的镰刀，在磨刀石上霍霍地磨得发亮，准备“过忙”（夏收是最紧张忙碌的农业活动，我们称之为“忙天”）了。

2019. 5. 28

九　　爷

“你九爷殁了……”母亲在电话中说。

挂断电话，我想，母亲应是特意告诉我这件事的。只是通话的时候，我询问更多的是老家的疫情，没有多问九爷的事，甚至都没问九爷活了多少岁数。

九爷殁的时候，正是疫情愈来愈严重的时候。武汉封城，各地农村积极响应，封路封村。大年初二一早，赶在封村前，我已经“逃之夭夭”，返回到了千里之外的家中。隔离数日后，惊魂甫定，才又想起九爷来。

一想起九爷，就想起我多病的幼年，经常趴在母亲背上，烧得迷迷糊糊。母亲用胳膊紧紧地搂着我，急匆匆地走在去九爷家的路上。经过一棵不知道长了几百年的老槐树，就到了九爷家。

九爷是大夫。他家的门房是他的诊室。母亲背我进去，放我坐在九爷的炕边，凄苦地跟九爷诉说我的病情：“又发烧了……”九爷没穿白大褂，而是一身旧中山装。粗糙的大手摸摸我的额头，温和地说：“先量个体温吧。”然后拿过一根体温计，使劲甩几下，眼睛凑近看看，递给母亲。母亲把体温计夹在我的腋下，瞬间的冰凉刺激得我一下子清醒过来。

量完体温，九爷就给我准备注射肌肉针的针剂。针头针管是九婆用开水煮过的。九爷用一根夹棉球的夹子迅速敲打药剂瓶，敲断的瓶口不偏不倚地掉在地上的白瓷脸盆里——脸盆里的垃圾满了的时候，九婆就会端走清理掉——然后用针管抽取药剂，再举起针管，朝上推一两下，冒出几滴药液后，就朝我走过来。我趴在炕上，紧张得要命。九爷打针很疼，好在很快就打完了，我也放松下来。打完针，九爷又给我开药。桌子上摆着一排药瓶，有大有小，他拉过几个药瓶来，倒出几粒、几十粒不等的药片，每一种药嘱咐母亲记清用量，用纸包好递给母亲。母亲又背起我走向回家的路。

接连几天，每天都要去九爷家打针。前几天母亲背着我去和回，后几天，母亲拉着我的手走着。最后一天，我甩开母亲的手，蹦蹦跳跳地回家去。母亲喜笑颜开："我娃好了，想吃啥，妈给你做……"

小时候，像这样去九爷家的次数，数不胜数。到现在，还记得九爷打的最多的针叫青链霉素，开的最苦的药是甘草片。也很少在他家以外的地方见到他。有一年农忙的时候，看到九爷戴着草帽，扛着铁叉，感到很意外，心想："九爷也要干农活吗？"

村里也有卫生所，听大人说，卫生所留不住大夫，医生走马灯似的换。去那儿看病，又得挂号，又得划价，太麻烦，不如九爷这儿方便。还有个防疫站，一个小孩儿在那儿打针，针扎到了腿神经上，变成了瘸子。小孩儿瘸了是我亲见的，是不是打针打瘸的就不得而知了。听说这件事后，我暗自庆幸，九爷打针，疼点儿就疼点儿吧。

慢慢长大后，身体强健了些，去九爷家的次数少了。记得最后一次去九爷家是姐姐带我去的。不知道什么原因，身上一片片地起疙瘩，奇痒难忍。九爷给我打了一针，打完针我就翻白眼，吓得九爷喊姐姐赶紧找大人送我去大医院。父母拉着架子车送我去镇上的医院，一天就看好了。父母没有责怪九爷，只是说，九爷老了。后来，见到九爷，九爷老远就喊："上次把人吓坏了！"脸上满是歉意。

再大些，我就离开了家乡，再没见过九爷。前些年听母亲说，九婆殁了。我问九爷还看病不，母亲说早就不看了。村里又开了一家诊所，大夫年轻能干。但人们私下里对诊所的药价似乎有所议论。

如今，九爷走了。他走的时候，村口大喇叭里正喊着不让聚堆闲谝，不让串门走亲。

九爷走得冷清。母亲却没忘了告诉我这件事。

对九爷，我所知不多。但我觉得应该写点儿东西，以纪念这位在医疗条件落后的年代救助过我的乡村大夫。

补记：大约半年后，我回老家探亲，又说起九爷，母亲告诉我，九爷走的时候特别平静，坐在家里的沙发上就殁了。

2020. 3. 12

故乡的野菜

近日读汪曾祺先生写野菜的文章，也勾起我对故乡野菜的回忆。小时候在家乡吃过三种野菜，至今印象深刻。

荠菜。这恐怕是最为人熟知的一种野菜了。小时候，每到春天，青青的麦田里荠菜杂生其间。我和小红一人拎一只竹笼、一把铁铲子，就冲到了麦田里。春天风大，我们的小脸被吹得红扑扑的，身上又冒着汗。半晌工夫，挖满一笼荠菜，拎回家去。荠菜最常吃的做法就是和面蒸成菜疙瘩，再拌上蒜汁、醋、辣椒、盐调味。喝着秋天的玉米碾成的玉米糁子煮的粥，就着荠菜疙瘩，是春天的美味。有时候吃面条，母亲也会择几根荠菜下锅。白色的汤面搭配绿色的荠菜，清清淡淡，也能勾起人的食欲。

挖荠菜的回忆好像就停留在六七岁的样子。后来可能是因为上学，很少再去。但从那以后，家里似乎也很少吃荠菜了。记得问过父亲，父亲说因为打农药，荠菜几近绝迹。后来家乡广种苹果树，麦田大面积减少，更是看不到荠菜了。

在北京的超市里，见过真空包装的荠菜，一看价格不禁咋舌，大有鲁迅先生“物以稀为贵”之叹。饭馆里看到卖荠菜馄饨的，买来一尝，虽然和虾搭配，提高了档次，但不复有小时候荠菜的味道。

也许是童年对荠菜的美好印象，特别喜欢辛弃疾的那句词："城中桃李愁风雨，春在溪头荠菜花。"

灰灰菜。这种植物似乎极易生长。田间、地边、路旁、房前、屋后，随处可见。绿色的叶片上带点儿红色，炒或焯时，汤水变成深红色，像苋菜。

查阅资料，说它的别名叫藜。《韩非子·五蠹》中有这样的文字："尧之王天下也，茅茨不翦，采椽不斫；粝粢之食，藜藿之羹；冬日麑裘，夏日葛衣。"这里的"藜藿之羹"，据说就是用灰灰菜和豆叶做的汤羹。《史记·太史公自序》中也有类似的记载："墨者亦尚尧舜道，言其德行曰：'堂高三尺，土阶三等，茅茨不翦，采椽不刮。食土簋，啜土刑，粝粱之食，藜藿之羹。夏日葛衣，冬日鹿裘。'"可见人们吃灰灰菜的历史很悠久。"藜藿之羹"后来也代指粗劣的饭菜。

《庄子·让王》曰："孔子穷于陈蔡之间，七日不火食，藜羹不糁，颜色甚惫，而弦歌于室。"这件事在《论语》中是这样记录的："在陈绝粮，从者病，莫能兴。"子路愠见曰："君子亦有穷乎？"子曰："君子固穷，小人穷斯滥矣。"孔子在陈绝粮，"藜羹不糁"，没有米，只能喝灰灰菜汤充饥。面黄肌瘦的孔子，还能弦歌不断，说出"君子固穷"的话来，也是让人佩服。

老家吃灰灰菜，一般是热油炒熟，作为"搅团"（家乡的一种面食，面粉在开水锅中连续不断地搅拌成糊状，凝结成团，故名）的配菜食用。用母亲的话说："爨得很！""爨"这个字字典里有两个义项，烧火煮饭和灶。母亲说的 cuàn 是形容词，用这个字似乎不合适，但实在找不到确切表意的文字，姑且用之。我也说不清这个“爨”到底是什么味道，似乎不能简单地等同于“香”。我想大概是油香和野菜香混合的味道就是“爨”吧。

汉语里还有“藜杖”一词。解释说藜杖是用藜的老茎做的手杖，质轻而坚实。我们家院子的西墙边长着一棵灰灰菜，父亲没有把它当杂草拔掉，而是留它生长着，给院子里增加一些绿意。母亲偶尔还拔几片嫩叶做菜。几年下来，长到半墙高。但我很怀疑它能否做成手杖，因为看上去它的茎直径不盈寸，质地也不结实，怎么能当手杖用呢？难道此“藜”非彼“藜”？或是古代的灰灰菜比现在的长得更大更粗？不是植物考古学家，且不去管它。这首诗倒是非常之美：“古木阴中系短篷，杖藜扶我过桥东。沾衣欲湿杏花雨，吹面不寒杨柳风。”

西蕃谷。这是我根据家乡方言造出的词。查了一下，有的地方叫西风谷，和我们的叫法接近。查资料，有一种学名叫反枝苋的植物，看它的图片，就是我们所说的西蕃谷。记忆中，七八月份的玉米地里，大片大片地长满了这种植物。这个时候，正是暑假，我和小红经常钻到玉米地里拔西蕃谷。天气本来就闷热，玉米叶茂秆密，一丝风都透不进来，我们进去之后不一会儿便汗流浃背。更难以忍受的是玉米叶上有一层黄黄的粉状物落到身上，和汗水混在一起，用手一抓后背，满指黄泥。好在不长时间就拔满了一笼。拎回家后，母亲会挑一部分嫩的蒸菜疙瘩吃，剩下的就喂了猪。虽然做法和荠菜一样，但口感发涩，不如荠菜的细嫩，所以只是尝个鲜而已，吃得很少。

故乡的野菜，尽是童年的回忆啊！一晃，几十年过去了！

前阵子看到森林公园有人挖野菜。我走近了看，发现他们是在挖蒲公英。我蹲下去想找找有没有荠菜，看到一个像的，又不敢确定。孩子质疑我是不是真的认识野菜。我讪讪地起身，为自己已经不能辨认荠菜感到沮丧。

小时候的我还是很勤劳的，曾几何时，变得“四体不勤，五谷不分”了呢？

2020. 4. 26

我的老师们

经常嘲笑自己：近事记不住，往事忘不了。这许许多多的“忘不了”中有那么一些人，他们的音容笑貌，如在耳畔，如在目前。他们，是我的小学老师，是我人生之路开启阶段的领路人。

王老师是我的启蒙老师，一年级语文和数学都是她教。中等个头儿，时常梳着一个麻花辫。走路的时候，哼着歌，身体似乎也随着歌曲的节奏轻微地扭动着。小学的教室比较简陋，土墙，灰扑扑的。王老师把手抄的课表贴在墙上后，会在课表的四周贴上一圈彩纸条，以做装饰。她做这件事情的时候很认真，头部、肩膀随着手上的动作一会儿扭向左，一会儿扭向右。我们的小脑袋也随着她一会儿扭向左，一会儿扭向右。贴好之后，那张普通的课表瞬间“夺目”了起来，教室里也似乎“蓬荜生辉”了。

我小时候很瘦，裤子又肥大，和同学课间玩耍，跑几步就得提一提裤子。王老师看见了，笑着说：“这娃，太瘦了！”我从她的笑容里，看到了怜爱。

听同学议论，王老师家庭条件不好。但是，在学校，每天看到王老师都是乐呵呵的，看不出有什么悲苦或忧愁。

和王老师一个宿舍的另外一位女老师，长得很漂亮。同学们私下里会把她和王老师比较。我觉得那位女老师是好看一些，但王老师更温和，更亲切。

不知道什么原因，王老师教完一年级就不在学校了。四年级的时候又回来了，教我们数学。一次数学竞赛，四道应用题我错了三道。王老师问我考得怎么样时，我又羞愧又难过，竟在全班同学面前哇哇地哭了起来。王老师安慰我："没事，没事!"又一次，我感受到了老师的怜爱。

教完我们，王老师又不在学校了。一种说法是王老师是民办教师，没有转正。我心里颇不平，什么民办公办，教得好不就行了。

二年级班主任是位男老师，教我们语文。每节课学生字，他把生字写在黑板上，先教我们按笔画顺序念一遍，比如"念"字，他读："一笔撇，二笔捺，三笔点……"我们就跟着念。念完后，他会叫我上讲台带着大家再念。我就当起了"小老师"。我以后从事教书的职业是不是就从这时埋下了种子呢？不知道。

班上有个男孩儿，是班长，很会欺负人。动不动就找各种理由让同学上教室后面站着去，然后再按条件筛选一些同学回座位，如没扎头发的可以回去了，或皮筋上没戴花的可以回去了。我和一位好朋友是被罚站最多的。一天，快上课了，预备铃都响了，还不放我回去。老师进来了，踱到教室后边，问我："怎么站着啊？是不是骄傲了？尾巴都翘到天上去了？"说尾巴翘到天上时，他还比画了一下。同学们都笑了起来。我泪水在眼眶里打转，面红耳赤，无地自容。

三年级的语文老师很有气质，个子很高，体态端庄，亭亭玉立（恰好她的名字里也有一个“亭”字）。老师让写关于妈妈的作文，我写了一篇《妈妈的手》，被当作范文在班上念。以后不怕写作文，对作文有兴趣，应该和老师的鼓励分不开。

四年级的班主任兼语文老师是一位刚刚师范毕业的男老师，戴一副近视眼镜，很斯文。对学生也不像别的男老师那样严厉。班上年龄大一些、个头高一些的同学还会和老师开开玩笑，他也不恼。我们还经常出入他的宿舍。这在别的老师那儿，是很少的。一次语文课，他让大家背古诗，谁会背什么就背什么。同学们很积极地举手，轮流背诵。慢慢地举手的人开始变少，差不多就剩我一人举手了。老师看向我，冲我赞许地笑笑，示意我放下手，游戏结束了。

五年级的潘老师也是我最喜爱的老师。她教我们学的《鸟的天堂》，大概是我小学学的课本中唯一记住的一篇课文了。可能因为这节课是公开课，老师一改往日的方言授课，说起了普通话。同学们都觉得很新鲜。

> 起初四周非常清静，后来忽然起了一声鸟叫。朋友陈把手一拍，我们便看见一只大鸟飞起来，接着又看见第二只、第三只。我们继续拍掌，很快地这个树林变得很热闹了。到处都是鸟声，到处都是鸟影。大的，小的，花的，黑的，有的站在枝上叫，有的飞起来，有的在扑翅膀。

老师朗读到这一段的时候，脸上洋溢着惊喜的表情，眼睛也好像突然睁得更大了。我们的情绪也被带动起来，仿佛真的看到很多鸟从大榕树上飞了出来。

光阴似箭，当时觉得小学既漫长又短暂，很快就从一个懵懂无知的小孩儿成了六年级的“大学生”。六年级的语文老师是个男老师，板书写得特别好。每篇课文他都会工工整整地把主要内容和中心思想写在黑板上让我们抄下来。他生气批评学生的时候，脸涨得红起来，声音也急促起来，大声地说：“泥塑木雕！呆若木鸡！聋子耳朵——样子货！”第一次从老师嘴里听到这些成语、俗语，我们简直惊为天人，佩服得不得了。后来发现，老师骂人的时候老是这几句话，就不大以为然了。我们表面上很严肃地听训，心里却在学他说：“泥塑木雕、呆若木鸡……”

数学老师是个矮矮胖胖的女老师，眼睛小小的，上课不苟言笑，课讲得很清楚。我们在课上大气儿不敢出。课下倒是能看到她笑起来眼睛更眯的样子。数学老师和隔壁班的语文老师一起有一个壮举，那就是他们联合起来，带着我们两个班的学生来了一次野游！这实在是破天荒的创举。现在很多城市的孩子，学校会经常组织春游、秋游之类的活动，甚至这些年还兴起了游学，国内游，国外游。我们那个时候可是没有的。两位老师不知怎么就一商量，带着我们几十号人走出了教室，走出了学校。去的地方不是什么美景名胜，就是我们家乡北部的一座叫尖山的山。可是大家都太兴奋了，平时觉得很远的路没走多久就到了。爬上山坡，登高远眺，沟沟壑壑尽在脚底。老师还带了相机（那时候照相机可是稀罕物，照相也是很奢侈的一件事情）给我们照相。我和两个好朋友一起合影，那是我们三个人唯一的一张合影。十一二岁的我们的样子被定格，成为宝贵的纪念。

这就是我的老师们！

关于老师，只记住了这样一些零碎的细节。它们时常在我的脑海里涌现出来，让我知道，有这样一些人，他们曾经真切地、鲜活地在我的生命里出现过。

我经常会想，老师到底教会了我什么呢？这恐怕不能用理论的语言概括出个一二三来。老师教给我的，可能早已潜移默化地融入了我的血肉、我的灵魂。我之所以成为今天的我，谁说这里边没有老师们的影响和作用呢？

2020. 4. 27

绝　活

在我的求学生涯中，有两位“扫地僧”般的老师，他们其貌不扬，却于教学都有自己的“绝活”。

说来惭愧，竟不知道他们的名姓，只能以学科名名之。一位是生物老师，一位是地理老师。

生物老师，常年穿一件灰色旧中山装，脸奇黑。如果在教室外碰到他，你会认为是校工；如果在学校外面碰到，就是一个普通山民，你大概也不会去注意他。但是，“山民”进教室了！带着似笑非笑、睥睨全场的表情走上讲台。上课了，一本书，一根粉笔，一张嘴，别无他物。“今天学细胞，植物细胞分为细胞壁、细胞膜……细胞核、细胞质……”他的嘴唇下方有一颗痣，上面一根白毛，说话的时候随着嘴的张合，白毛一颤一颤地动。书从来没见打开过。一堂课上完后，黑板上一幅仿宋体的知识结构图，简约而美观，让人很是怀疑这是出自“山民”之手。

地理老师，常年一件深蓝色旧中山装，戴着一副老式黑框眼镜，比生物老师看着倒像个老师。但是，走起路来，外八字脚一踮一踮的，像个小脚老太太。人也没有生物老师那么酷，书卷成一卷儿，夹在胳肢窝里，笑呵呵地就进班了。地理老师的绝活是手绘地图。只见他拿起粉笔，慢悠悠地转过身去面向黑板，粉笔颤颤巍巍地勾画着，线条凹凹凸凸地就出来了。等他转回身来，黑板上赫然一幅“雄鸡图”，“鸡头”“鸡背”“鸡肚子”，其大小比例，比之地图册，分毫不差！不光画中国地图，随着讲课内容的变化，他还会画与之对应的区域图、局部图，其比例大小也是不差分毫。

可惜，当时生物、地理这些课都被我们视为“副科”，不够重视，以致连老师的名字都没记住。上课也不认真听讲，注意生物老师嘴上白毛抖动的时间比听他讲课的时间要长一些。有时候听着听着，老师还在植物王国，“种子植物、孢子植物……”我们已经模模糊糊地进入“无何有之乡”了。

如今想来，在教育条件落后的年代，老师们练就的可是硬功夫啊！我辈只能是高山仰止、景行行止了。

2020. 4. 28

大　师

“所谓大学者，非谓有大楼之谓也，有大师之谓也。”北师大是有大师的大学。

北师大中文系的历史上，曾经有一大批学术巨擘：鲁迅、钱玄同、刘半农、黎锦熙、沈从文、沈兼士、顾随、余嘉锡、吴承仕、黄药眠、钟敬文、谭丕模、穆木天、叶丁易、刘盼遂、李长之、李何林、陆宗达、萧璋、俞敏、启功、郭预衡……可谓大师云集。我上学的时候，有幸目睹了其中两位大师的风采。一位是书法家、国学大师启功先生，一位是被称为“中国民俗学之父”的钟敬文先生。

我进北师大，上的第一节课叫“学为人师，行为世范”，主讲老师是启功先生。1999年秋季学期的新生开学典礼上，八十七岁高龄的启功先生一头稀疏的银发，一脸的慈善和蔼、精神矍铄。校长致辞后，第一个讲话的就是启功先生。其实他讲了什么，我已经不记得了。但是，我深深记住了先生的谦逊之姿——先生开讲之前一再地表示自己何德何能能作为教师代表在这里讲话。后来经常想起这一幕，总会感叹：越是了不起的人，越是谦虚啊！温良恭俭让，这大概就是古君子之风吧。“学为人师，行为世范”是师大的校训，并经启功先生手书勒碑，立于校园最醒目处。我想，启功先生躬亲示范了什么叫“学为人师，行为世范”。我把这当成我的大学第一课。

后来读到启功先生六十六岁时写的《自撰墓志铭》：

> 中学生，副教授。博不精，专不透。名虽扬，实不够。高不成，低不就。瘫趋左，派曾右。面微圆，皮欠厚，妻已亡，并无后。丧犹新，病照旧。六十六，非不寿。八宝山，渐相凑。计平生，谥且陋。身与名，一齐臭。

幽默诙谐中的谦虚通达让人动容。

2005 年 6 月 30 日，启功先生去世，学校于京师学堂的礼堂内设立灵堂，供人吊唁。我有幸和同学轮换为先生守灵。来祭奠的人络绎不绝，除了故旧门生，还有很多和先生并无渊源的人也闻讯赶来。巧的是我当值的时候还碰到了我在北大地球物理系就读的高中同学。他庄严地鞠躬，我也深深地回礼。这一刻，我们不分学校，不分专业，共同表达对同一个人的深深的敬意。

先生生前身后，总能从别人嘴里听到他的逸闻趣事。给我们教“毛概”的老师，讲课的时候，经常会回忆启功先生。说他午休之后，就走到书桌前刷几笔。老师说这个“刷”字的时候，语调特意加重，使人可以想象先生身为书法家挥毫泼墨时轻松自如的风采，一个“刷”字可谓传神。

前两年，拍了部电影叫《启功》，我觉得拍电影是好事，可以让更多的年轻人了解大师。但是，也有遗憾。演先生的演员是央视某主持人，其外形可以通过化妆术弥补，但是先生的学识修养气质大概不是这位擅长“吐槽”的主持人能表演得出万一的吧。

钟敬文先生是在中文系的开学典礼上见到的。钟先生当时已经九十六岁了，看起来清癯消瘦。如此高龄竟来出席这样一个新生的集会，已经让人惊异。更没想到的是他讲了一个多小时（也有人说是两个小时）。先生语调不高，仔细听会觉察到他是有些吃力的。但是老先生语重心长，关爱后辈之殷殷深情，至今想来，犹深感敬佩。后来，民俗学成为我最喜欢的课程之一。钟敬文先生还是一位散文大师，他的散文也是我爱读的。做了中学老师，带学生做现代文阅读理解，钟先生的文章更是常见，如《碧云寺的秋色》让人百读不厌。

虽然我上学的时候，两位大师都已高龄，早已不再开课授业。但是教我课的老师们很多都是他们的弟子、再传弟子，上课的时候，经常会提及某个问题启功先生是怎么说的，钟先生是怎么做的，我也算是沾染到了老先生们的余泽。

师大校园西北角有一片小红楼，里面住的尽是大师级的教授学者。我们几个同学有时候路过，会故意走过去，想要和大师来个偶遇。如果听人说，他好像碰见哪位教授散步了，便羡慕不已。小红楼是几座二层的砖楼，掩映在绿树浓荫中，环境清幽。每次走到这里，我们不自觉地都会放轻脚步，生怕打扰到这片幽静。很长一段时间里，我都想当然地认为一座小红楼就是一家。直到一个偶然的机会，去聂石樵先生（中文系古代文学教授，著名学者。夫人邓魁英也是。我们的教材《中国古代文学作品选》就是邓先生主编的）家送书，才知道小红楼里其实住了好几家。

聂先生家的房子并不宽敞，书房里堆满了书籍，用斗室来形容也不夸张。突然觉得这房子配不上“大师”的称号。出来后，和同学感慨了好久。

谦和、平易、朴素、关爱后学，这是我从大师们的身上感受到的精神。

2020. 4. 29

李老师

李老师是我的同事，我们一起朝夕相处共事的时间前后加起来有四年。

李老师是我认识的第一个同事。当我懵懵懂懂地闯进就职的学校后，接到的第一个任务是去新疆接学生。从听到主管领导布置任务，到接过他递过来的出差经费，再到走出办公室，我整个人是蒙的——飞机怎么坐我都不知道啊！恍惚中想起领导说还有一个姓李的老师和我一起去。那是怎样的一位老师呢？

第二天一早，我早早地等候在学校东门。一位四十出头的中年女老师拉着行李箱急匆匆地向我的方向走来。我想她就是李老师。我们互相打了招呼。李老师个子不高，衣着朴素，因为走得急，脸蛋红红的，给人很质朴的感觉。她问我去过新疆没。我说没有，她说她也没有。我的心里又忐忑起来。

学校的司机把我们送到机场，停在一个停车场后，他说他还要去另一个地方接人，需要我们自己走过去。往哪儿走啊？我一脑子糨糊。李老师也是第一次到北京的机场，不熟悉。没办法，我俩只好自己去问、去找。走了很长一段路才到了候机厅。

和李老师闲聊才知道，李老师也是刚从外地调来这个学校的新老师。租的房子还没收拾，行李都没打开，抽了几件衣服，就和我出差了。我突然有一种和李老师患难与共的感觉。

坐了三个多小时的飞机，晕晕乎乎的，想吐。下飞机后，给接应的老师打电话，说有事接不了了，让我们自己去某某酒店。我俩又蒙了，只好自己找出租车，打车去酒店。到了酒店终于见到了匆匆赶来的接应老师，才松了一口气。安排我们住下后，那位老师就走了。我和李老师去酒店的餐厅吃饭，这是一家新疆风味的餐厅，各种新疆食品。我和李老师都是北方人，都选择了吃拉条子，边吃边赞叹，新疆的拉条子真是好吃。后面的两天，我们的午餐晚餐，顿顿吃拉条子。我用学校给的经费小心翼翼地结账，李老师帮我算账。

第二天上午有点儿空闲时间，李老师提议出去转转。我俩就去了乌鲁木齐市的红山公园，爬上最高处的亭子，眺望了一下乌鲁木齐。下午就开始忙学生报到的事情了。

一百多名来自新疆各地的少数民族学生集齐了。我们拉着长长的队伍进火车站。围观的人，送行的人，熙熙攘攘，场面壮观。我和李老师还有专门负责新疆学生工作的老师紧张地引导学生上火车。我们坐的是慢车，真的是慢车！从乌鲁木齐出发到北京，整整三天三夜！车上没有空调，开着风扇，开着车窗，热风铺天盖地。虽然老师是硬卧车厢，但我们也没怎么躺着，大多数时间都在学生的车厢。李老师很会照顾学生，问学生晕不晕车，叮嘱学生喝水。看到眼角还留着泪痕的学生，就摸着她的头，俯下身去问她是不是想家了，就像母亲对自己的孩子。

终于抵京到校，把学生安顿下来后已是凌晨三点。第二天就开始了军训。我和李老师又一起紧张地投入新的战斗。

大概正是和李老师的这段经历，在日后的相处中，我和李老师尤为亲近。

初为人师的我，每天就像个新兵蛋子，各种莽莽撞撞，各种应接不暇，各种焦头烂额。李老师是有经验的老教师，虽然工作环境变了，学生变了，但她总能不急不躁，处变不惊。我经常因为学生的不听话义愤填膺，但从没见过李老师和学生发火。学生犯错，李老师总是和风细雨地劝说教导。最后，再调皮的学生也乖乖地认错。李老师经常劝慰我说："他们也是孩子，不能着急，得慢慢来。等你有孩子你就有体会了。"虽然当时的我年轻气盛，遇事还是容易着急上火，但是李老师的话和她的行事风格对我是有潜移默化的影响的。我们办公室的座位面对面，每次看到李老师耐心和气的样子，我焦躁的心绪上仿佛吹过了一丝微风。

李老师的家安顿下来后，她请我和我的一位同住单身宿舍的同事去她家坐坐。同事比我早工作几年，她感慨，去同事家做客还是第一回。在讲究"距离"和"私人空间"的职场，李老师让我们感受到了过去那种纯朴美好的人际关系。

后来李老师有了自己的房子，搬了家，还请我去过，她烙了肉饼招待我。我当时天天吃食堂，周末就胡乱对付一下，能吃一顿这样的家常美味真是久久难忘。李老师的爱人是特级教师，因为不在一个年级，也不熟识。这次在家里见到，和李老师一样，人很亲切随和。李老师的孩子在我们学校上学，很优秀，后来以全区第一的成绩考入了清华大学。问李老师是怎么培养孩子的，李老师说也没咋管过。我信李老师的话。李老师和爱人都是老师，工作上兢兢业业，生活中相敬如宾，这样的言传身教、家庭氛围对孩子自然产生好的影响。不是一般人想的高考状元、清华学子一定经过了怎样殚精竭虑的培养。

李老师还会约我逛街。我们一起坐地铁去很远的大红门买衣服。我们买了风格颜色接近的外套，回去后我穿得少，很快就喜新厌旧。李老师见我没怎么穿，反倒怪自己是不是眼光有点儿老，影响了我。

我结婚买房看房子，毫无经验，经常向李老师咨询。一天夜里，和中介约好看房子，拉着李老师陪我一起去。买房交定金，平生第一次要取那么多的“巨额”现金，紧张得不得了，去银行也拉上李老师。我取钱，李老师在旁边守着。取上钱，装包里，李老师看着我上了出租车才离开。

其他生活种种，李老师也经常关心、指导我。至今还记得一个细节，我有了自己的家以后，李老师向我推荐一种洗碗布，说是用起来方便卫生。我还专门去超市买来用。我想这样的李老师竟有些像我的母亲和姐姐了！

有一段时间，李老师频繁地奔波在学校和医院之间。她的弟弟得了严重的血液疾病，在北京的医院治疗。听李老师说她的这个弟弟是收养的，但是家人之间关系都特别好。为了弟弟治病，李老师操了很多心。医院治疗了一段时间后，高昂的医疗费用和生活费用难以为继，只好回家自行服药维持病情。需要的药物价格不菲，李老师每隔一段时间就去医院开药，给弟弟寄回去。因为这个病，弟弟的眼睛看不见了，生活自理都有困难，家里还有两个年幼的孩子，只靠弟媳一人支撑。说起这个，李老师经常难过得流下泪来。这件事让我深深地感受到李老师的善良和厚道。

后来我和李老师不在一个部门工作了，见面的机会也少了。我有了孩子，李老师还带着礼物来家里看望我。

一个周末，带着孩子在校园里玩，碰到了李老师领着两个朋友参观校园。她的朋友竟是大名鼎鼎的尹建莉老师。尹建莉可是那本被中国宝妈们奉为“教育圣经”的《好妈妈胜过好老师》的作者呀！怀孕期间，天天捧着读，今天竟然见到了书的作者，很是激动。李老师给我们做了介绍，还在校门口合了影。离开后，我心想，李老师有这么著名的朋友，都没听她提过。生活中不乏借他人之名炫耀自己的人，李老师真是太低调了。

李老师为人低调谦逊，在单位从没见她和同事红过脸，也没听她为自己争过什么或抱怨过什么。有一份民族教育杂志，李老师是我们学校的通讯员，长期为杂志供稿，汇报我校在民族教育教学方面的活动。李老师没有为此拿到过一分钱的辛苦费。领导们甚至都不知道这件事。

时光匆匆，再次去李老师家，竟是李老师退休之后，我去看望她。李老师的家里没什么变化，李老师和爱人还是那么随和热情。想起那年在李老师家做客的情景，不免感慨了一番。

和李老师联系甚少，前几天看到退休后的李老师在“今日头条”上撰写教育类的文章，才忆起和李老师交往的种种。

我经常想，人的一生中会遇见很多人，但暖心的人不会太多。李老师是一个让我想起来就觉得暖暖的人。

文字粗鄙，难以表达李老师为师、为人给我留下的美好印象。唯有衷心祝福她退休生活幸福快乐！

2020.5.3

第二辑 似水流年

Si Shui Liu Nian

请好好培育我们的男孩儿

晚上睡觉前看了“三联生活周刊”公众号推送的关于江歌案的文章，一晚上没睡好。早上起来，心里还是不能平静。一位母亲的丧女之痛直戳内心。一个面相斯文的男青年的残忍，特别是对其罪行的毫无悔意、撒谎狡辩，让人气愤！想起前不久新闻报道中的杀妻案、杀师案等等，我不禁要问：我们的男孩儿都怎么了？

身为母亲，一想到自己的女儿总有一天要离开我，她会遇到什么样的人？她会和什么样的男孩子交往？看着人间万象，光怪陆离，不由得一阵紧张和害怕。我特别特别想对家有男孩儿的爸爸妈妈们说一句：请一定好好培育我们的男孩儿！

请教会他敬畏生命：每一个生命从孕育到出生，从幼小到长大，是自然的奇迹，更融注了爱他的人的无数心血与汗水，还凝聚了他自己种种艰苦卓绝的努力。所以，每一个生命都是无价的！你们要爱护自己的生命，也要尊重别人的生命，特别是那些比你力气小、没有你强壮的娇弱的身体和生命。你可以不像一个男子汉一样去保护她，但也请你一定不要去伤害她。不残害无辜的生命，这是做人的底线。

请培养他们理性思考、控制情绪的能力。人有动物的属性，相较于雌性动物，雄性动物有更强的攻击性和破坏欲。但人之为人，还因为他有理性，会思考。请教会他们用冷静浇灭恶劣情绪的火苗，用理性来约束自己的行为。而不是任由动物本能的驱使，想抓就抓，想挠就挠，想踢就踢，想咬就咬，严重的就是打架斗殴，暴力伤害，最终酿成惨剧。

请培养他们积极阳光的心态、健全的人格。教会他们既能享受生活的美好，也能用男子汉的心胸去承受生活中的不如意。不要沉溺在阴郁、负面的情绪中太久，培养一点儿高雅的情趣，让健康的文化滋润他们的心灵，学会一项体育运动，在运动的挥汗如雨中让情绪得到宣泄。健康阳光、乐观自信才是一个男孩儿应有的形象，沉郁阴暗只能离魔鬼更近。

请教会他正确对待爱情：爱情是你情我愿的事情。如果你不喜欢她，友好地告诉她。如果她不喜欢你，也应该潇洒地离去。穷追不舍、死缠烂打都有失风度，也会破坏爱情的美好。将喜爱转化为仇恨，那更是自私和狭隘，害人亦害己。

每一个男孩儿都会长大，他们是儿子，是丈夫，是父亲，是社会上任何一个可以创造价值的角色。儿子、丈夫、父亲……这每一个角色都被我们的文化赋予了重大的意义。所以，请好好地培育他们，让他们成为男子汉，成为大丈夫，成为一个个能担当起他们应该担当的责任的顶天立地的人。

我们也会好好地培养自己的女儿，当我把一个美丽善良的女儿交给这个世界时，也希望她遇到的每一个男孩儿都是善良优秀的阳光少年。让每一位母亲因他们而欣慰，每一个家庭因他们而幸福，让这个世界因他们而美好。

2017. 12. 22

区区寸草心，怎报三春晖

两星期没给父母打电话了。上午打过去，听到我的声音，母亲一如既往地欢喜。

她说和父亲跟了三天十月十的会——老家镇上每年农历十月初十举办的农贸会，给自己买了一条棉裤，买了一个坐便椅，还干了件大事。我笑着问什么大事，母亲说："给我跟你爸买了棺材板……"

听到母亲的话，我的眼泪一下子涌了出来。电话那头的母亲像说一件平常的事情那样，继续说下去。她告诉我是请村上的木匠一起看着买的，花了多少多少钱。我不知道该说什么，将手机拿得离嘴巴稍远一点儿，提高声音掩饰着哭腔说："那我给你们寄点儿钱。"母亲说："不用不用，家里有钱呢，这些钱才花去个角角（钱花得少的意思）。"我忍着泪笑着逗母亲："你有钱得很呢！"母亲也笑了起来。

母亲又和孩子通了一会儿话，嘱咐孩子要好好吃饭，穿暖和，好好上学……母亲不善言辞，每次通话，都是这样的叮咛，虽然爱意满满，但是听在孩子的耳朵里，就是重复的唠叨了。孩子只是"嗯……""好……"地顺嘴答应一声，也不主动和母亲多说点儿什么，而母亲只要听到孩子的声音也就满足了。

挂了电话，我难受了半天。父母按照老家的习俗在为“那件事”做着准备，而“那件事”是我不愿想，不敢想，也不会去想的。父亲曾经达观地发表过对“那件事”的看法，他说：“人都有那么一天，我倒不怕，只要不受罪，好好地走了就行了……”当时，听到父亲的“笑谈”就已经很难受了，今天忽地听到母亲的话，更是难抑伤感。虽然知道人终有那么一天，但谁愿意去想自己的父母会有那一天呢？母亲告诉我的事将我有意无意回避的问题猛地拉到了意识范围内，一想到父母某一天会离开我，我的眼泪就再也忍不住地落下来。不，不！那一天还很远很远！

我们兄妹三人，长大后都远离家乡，分散三地，各自谋生。我离得最远，除了十天半个月打个电话问候一下，为父母什么也做不了。连准备寿材这样的大事，也要父母自己为自己去做，想及此，更是心痛难安。

和父母通电话，他们一直都是报喜不报忧。前阵子，是从当医生的表姐口中得知父亲有轻度脑萎缩，才打电话回去询问详情。父亲反叫我放心，说不要紧，人老了就这样，做了全身的检查，检查结果也给我表姐看了，没啥大毛病。去年，偶尔和舅舅视频时，得知母亲去年冬天雪后扫地不慎跌倒，摔了腿。此时距母亲受伤已经过去了几个月。我打电话“质问”母亲为什么不告诉我，母亲笑着说：“已经好了。跟你说，你还能怎么办？”母亲当然没有责怪我的意思，但我还是一时语塞。是啊，即使跟我说了，我又能为母亲做点儿什么呢？我离得远啊，我要上班啊，我要管孩子啊……我能做点儿什么呢？

即便在我一年一次回家探亲的不到二十天的时间里，也是父母“伺候”我和我的孩子。他们把有空调的房间收拾得干干净净让我和孩子住，每天变着花样给我们娘儿俩做好吃的。我开心地在朋友圈里晒幸福：“终于过上不用做饭、不用刷碗、不用打扫卫生的生活了。有妈的孩子像块宝！”我回家是来当回孩子的，就算我已经三十多岁早已成了人家孩子的妈，就算父母已是古稀之年，我依旧自然而然地享受着他们对我无微不至的照顾。我没有发现父亲的腿脚失去了往日的灵便；看着他眼皮耷拉着睁不开眼想当然地认为是天气太热上火导致的，天凉了自然会好，而不去想着应该带他去医院看看——直到我走后他自己去医院，检查出有轻度的白内障而并非什么上火；在母亲说起她腿太硬如厕不方便，打算买一个坐便椅时，我只是附和一声说那就买一个吧；去县城的超市大采购，我一心想着的是要给孩子多买些好吃的存在冰箱里……凡此种种，一一浮现，叫我如何不愧悔难当？

我唯一能做的就是给父母一点儿钱，但就是这一点儿钱，他们也不让我给。每次母亲都会说：“我和你爸不花啥钱，咱家一院子菜，我俩人吃都吃不完……”“我们在家红火得很，想吃啥做啥……你在北京花销大，有钱也给你攒着……”

他们最欢喜的就是听到我过得好，学习、工作上有成绩。一次微不足道的获奖会让他们高兴得反反复复说好久；我写的并不算好的文字，父亲也会戴着老花镜一字一句念给母亲听，甚至我胡诌的几句歪诗，他也会工整地誊录下来……除了这些无用的东西能让他们高兴高兴，我什么也做不了。

此时，在这异乡静谧的夜晚，躺在母亲为我亲手缝制的又软和又保暖的棉花被里：母亲照顾我月子时，一连四十天，晚上睡不好觉，满嘴起的火泡；父母帮我带孩子的那几年的忙碌与辛苦；暑假离家时，一直目视着我们离开的越来越小的身影……种种情景在我的脑海里不断地浮现，我才真正懂得了那古老诗句的况味：

区区寸草心，怎报三春晖？

最爱你的人，你爱得再多，也难报答于万一！

2018. 11. 25

冬至，盼一场雪

近几年，北京的冬天似乎很少下雪。眼看着南北各地雪花纷飞，唯独北京丝毫不见下雪的迹象，在空气干燥、流感肆虐中煎熬的人们，更加渴盼一场雪。

可是，一个冬天过去了，就是盼不来。不下雪也罢，熬过了冬天，到了春天，天气慢慢暖和起来也好。但是事与愿违，北京的春天比冬天还要冷。人们在倒春寒中一边瑟瑟发抖，一边嗔怪："这什么鬼天气？"……然后，猝不及防地，突如其来地，一场大雪，覆盖了北京城，也覆盖了朋友圈——终于下雪了！只是这场雪下到了春天，让人有寒冷绵绵无绝期之感。

"春有百花秋有月，夏有凉风冬有雪。"每个季节有每个季节的风物，每个季节有每个季节的趣味。如果气候异常，物候紊乱，在给人的生活带来不便之外，也会少了很多享受和乐趣。

冬雪是大自然恩赐给人间的礼物。在寒冷漫长、万物蛰伏、草木枯寂的冬日，自那穹空之上轻轻盈盈、飘飘洒洒、纷纷扬扬，一场漫天雪花下来，犹如平静的湖面漾起了层层涟漪，幽静的森林吹来了声声鸟鸣，寂静的春夜绽开了朵朵花蕾，安静的剧场奏响了阵阵旋律……这冰寒冷寂的人间就有了生机，有了活力，也有了欢乐。

案牍劳形的人抬起了头，望向窗外，没有表情的脸上绽开了欣喜的笑容，神为之清，气为之爽。

匆匆赶路的人放慢了脚步，伸出手臂，用温热的掌心接一片雪花，惊喜地看着它瞬间融化，一丝微凉沁人心脾。

被拘束在温室里的孩童们，终于得到了大人的许可，冲到户外，攒雪球，打雪仗，堆雪人，尽情释放活泼好动的天性。

此时，雪地共长天一色，雪球与欢笑齐飞，越来越多的人加入这场冬日的狂欢中来。

此时，每个人的嘴里心里都欢悦地喊出了同一句话："下雪了！"

是的，下雪了！在科学的世界里，雪是"从混合云中降落到地面的雪花形态的固体水"。在文学的世界里，它引发了无数美好的联想与想象：凝雨、寒酥、寒英、琼芳、琼花、琼妃、瑞叶、仙藻、玉沙、银粟、玉蝶、玉蕊、玉龙、玉絮、玉鸾、璇花、六花、六出……古人用几十种美妙的称呼来表达对雪的喜爱。"有雪无诗俗了人"，文人墨客更是写下了难以计数的诗歌来吟咏雪。

下雪了！"晚来天欲雪，能饮一杯无？"热情的诗翁酿好了淡绿的米酒，烧旺了小小的火炉，殷勤地邀请友人围炉共饮。"白雪纷纷何所似？""未若柳絮因风起"，谢家叔侄对雪即兴，引出一段"柳絮才"的佳话。还有那不怕寒冷的"痴人"，于那寂静的夜晚"拏一小舟，拥毳衣炉火，独往湖心亭看雪"。更有那遗世独立的老翁于那"千山鸟飞绝，万径人踪灭"的孤绝天地间，"独钓寒江雪"。

下雪了！有人惊叹雪之大，"燕山雪花大如席，片片吹落轩辕台”；有人赞叹雪之奇，“忽如一夜春风来，千树万树梨花开”；有人留恋雪之美，“最爱东山晴后雪，软红光里涌银山”。有人细数，“一片两片三四片……飞入梅花总不见”；有人谐谑，“黄狗身上白，白狗身上肿”。有人踏雪寻梅，有人烹雪煮茶，有人围炉听雪。英雄为之折腰，美人与之争妍……真是雅俗皆为雪欢，众生皆为雪乐！

有了雪，就有了洁净：“如今好上高楼望，盖尽人间恶路岐”；“白茫茫一片大地真干净”。

有了雪，就有了生趣：“不知庭霰今朝落，疑是林花昨夜开”；“化工何处万剪刀，剪出玉蝶满空舞”。

有了雪，就有了希望：“瑞雪兆丰年”；“冬天麦盖三层被，来年枕着馒头睡”。

有了雪，爱情也有了寄托：“那时我凭借我的身轻，盈盈地，沾住了她的衣襟，贴近她柔波似的心胸——消融，消融，消融——融入了她柔波似的心胸。”

有雪如此，怎能不让人祈盼？

今日冬至，盼一场雪……

2018. 12. 22

你好，2019

又到辞旧迎新的时候了！

寒冷的天气阻挡不了迎接新年的热情。一则因为放假，终于不用早起，可以安安心心地睡三天懒觉。二则回首过去的一年，过得还算充实，不因虚度年华而悔恨，也不因碌碌无为而羞耻。三则对新的一年抱着美好的期待！基于以上三条，自然要开开心心地迎接新年了。

往昔，因为新年的到来，会惶恐，会不安。心里总有一个声音像唐僧念的紧箍咒一般涌上来："又老了一岁，又老了一岁……"在这个年底，也许是因为真要到孔子所谓的"四十不惑"的年纪了，反而不再纠结于自己的年龄。

父母康健，孩子成长，家庭和乐，有什么理由伤春悲秋、顾影自怜呢？"况阳春召我以烟景，大块假我以文章"，自然中还有太多的美景等着我去欣赏，生活中还有太多的趣事等着我去经历。珍惜拥有的日子，过好现在的生活，才是人到中年应该做的最有意义的事情。

新的一年，要做好自己的工作！曾经对工作多有抱怨，时不时地会感叹："要是不上班该多好！"但是，实践一再证明：不上班真没多好！工作让在家蓬头垢面、懒懒散散的你可以收拾得利利索索地出门；工作让柴米油盐烟火气的你得以接触外面新鲜的空气，认识不同的人，遇到有趣的事；最重要的，工作让你自我感觉是一个自由的、独立的、有价值的人！可以不攀附、不依赖，有底气、有安全感地做你自己！处在上有老下有小的中年，工作的物质回报，也可以让你对老人的关心不只是挂在嘴上，让小孩儿的成长有切实的保障。

当然，不能否认，工作中不可避免地会有让人不快的事情。对待繁杂的事务性的工作，最好的办法就是提高效率，像打扫杂物一样，干净利索地将其清理掉，眼里心里就会清净许多。对于有难度、有挑战的工作，就浑然忘我地投身其中。当完成挑战，回归现实的那一刻会有一种如释重负，“为之四顾，为之踌躇满志”的感觉。正像前段时间看的一本书《心流》中论及的：专注地做一件事情的时候，会让人忘掉其他杂七杂八的琐事和烦恼，产生“心流”，而这种心流的体验就是幸福的源泉。

工作毕竟不是生活的全部，工作之外的生活，除了关心家人，陪伴孩子，我希望在新的一年里，仍然给自己留小小的一块田地。特别喜欢三毛作词、齐豫演唱的一首歌《梦田》：

每个人心里一亩　一亩田
每个人心里一个　一个梦
一颗呀一颗种子
是我心里的一亩田
用它来种什么
用它来种什么

种桃种李种春风

开尽梨花春又来

我的心里也有一亩田，想要用它来种我小小的悲欢。那就是偷得浮生半日闲，打理打理我的“闲话”——我的自留地。实在没有什么才艺可以寄托闲情，唯有在读读写写中释放自己、整理自己。

我不是一个勤奋的耕耘者，不能“晨兴理荒秽，带月荷锄归”，我的自留地大多数时候会荒着，空无一物。但是，只要我想到自己有这么一块田，就像在大海上航行的水手知道哪里会有港湾一样，心里就踏实。当我不开心的时候，我会种下我的烦恼；当我快乐的时候，我会种下我的喜悦；当我迷茫的时候，我会种下对生活不成熟的思考……我不去管种下的这些东西会不会开出花、结出果来。我只知道，当我在我的田地上耕种的时候，新翻泥土的气息让我沉醉，如何播种、培土已够我思量，我沉浸在劳作的酣畅之中，忘记了周遭的沸沸扬扬。

虽然我个人的生命体验没有什么值得大书特书的事情，但就是这些琐琐碎碎的经历、细细微微的感受构成了一个平凡的生命。它来这世间走这一遭，不就是经受体味一番世间的喜怒哀乐愁吗？就像那块无才补天的石头，幻形入世一番后，所记者也无非“家庭琐事、闺阁闲情”。大人物的大悲欢是生活，小人物的小悲欢也是生活，谁敢说这之间有高低贵贱之分呢？如果非要分个三六九等，那就让有才的去补天，去写圣言大道，无才的就经历这人间的琐屑，写写不入流的“小说”（琐屑浅薄的言论正是“小说”的本来含义）吧。

特别感谢支持我的朋友们，愿意花时间去阅读我拙劣的文字，给我坚持下去的动力。才力不逮的我不能回报妙笔生花的文章，唯有捧出一片真心。

心理学上有一个著名的“皮格马利翁效应”，又称“期待效应”，它启示人们：对自己传递积极的期望，就会使自己发展得更好。反之，向自己传递消极的期望则会使自己自暴自弃，放弃努力。在这大寒之日，集先贤名句，给自己熬碗热气腾腾的“鸡汤”：

风景长宜放眼量，
鬓微霜，又何妨？
风流事[①]，平生畅。
此心安处是吾乡！

以此激励自己，伸开双臂，热情地迎接新年的到来吧！

你好，2019！

2019. 1. 1

① 风流事，此吟诗作赋等风流雅事之意。

于无用处寄性情

最近，隐藏在哥哥体内多年的写作热情如火山爆发。他写诗，写散文，在网络上投稿，几个月的时间，作品已散见于大小网络和自媒体，并且约稿不断。他还自己做起了公众号，发文友的诗歌和文章，一时之间，红红火火。

少年时候，哥哥就有写作的冲动。犹如春风鼓动着船帆，创作的热情在哥哥瘦长的身体里鼓荡着，让他想要去文学的海洋里航行。他给编辑部投稿，竟然收到了编辑的回信，虽然稿件未被采用，但编辑老师鼓励他继续写作。这段逸事在以后的岁月里被哥哥多次提起。

家庭、环境、时代，注定这只是少年的一个美好的梦。上学、学好数理化、考大学、找工作、谋生，才是应该走的路。但少年时的梦在某些时候还会苏醒。走上工作岗位数年后的一段时间，我发现哥哥又开始了创作，他写起了小小说。但爱好终究还是让位于工作，写作的事不了了之。

时隔多年后的今天，沉睡在哥哥心底的梦又一次苏醒。这一回，哥哥在工作之余，以文为乐，文思不竭，创作不歇。

每次读哥哥的诗歌和文章，我都感到羞愧。作为一个中文系科班出身的人，我没有哥哥那样灵动的文笔，更没有他对生活深刻的领悟。有时候会想，当年真应该让哥哥去读中文系，而不是我。但反过来又想，真正爱写作的人又有几个是中文系出身呢？

从哥哥身上，我发现，这个时代并不是一个文化荒芜的时代，有那么多普通人在追求着文学梦。他们并非想要成为作家，而是自发自觉地用文字书写生活，抒发怀抱。他们将写作当成一种生活方式，从写作中体味着创造的乐趣。

曾经读到过周国平先生的一段话：

> 我知道我永远成不了莎士比亚、歌德，但是我宁愿永远不读他们的传世名作，也不愿轻易放过一个瞬息的灵感，而不去写下我的易朽的诗句。别人的书再伟大，再卓越，也只是别人的生命事件的痕迹。它们也许会触发我的生命事件，但只有我自己才能刻下我的生命事件的痕迹。对于我来说，人类历史上任何一部不朽之作都只是在某些时辰进入我的生命，唯有我自己的易朽的作品才与我终生相伴。我不祈求身后的不朽。在我有生之年，我的文字陪伴着我，唤回我的记忆，沟通我的岁月，这就够了，这就是我唯一可以把握的永恒。

以文字为伴，“唤回记忆”，“沟通岁月”，这也许就是每一个喜欢写作的人的初衷，也是坚持写作的动力。

也许有人会问：“写这些文字有什么用？”

我的答案是：“没用。”

文字不会变成金钱换来面包，不会换来房子、车子，也不会带来升职加薪，改变你的现状。写作，一点儿用都没有。

就好比一个喜欢侍弄花的人天天猫着腰打理他的花花草草，喜欢宠物的人天天为宠物梳洗喂食。花草和宠物也不会带来实际的用处，只是让喜欢它们的人得到精神上的愉悦。我们也许不会去问人：你种花有什么用？你养宠物有什么用？那为什么要去嗔怪一个喜欢写文字的人：你做那些事有什么用呢？

写作，只关乎写作者的内心，无关他物。就像哥哥说的，他不会打牌打麻将，不会玩游戏，写作就是一个爱好。一个沉浸在写作中的人，他的内心是平静而充实的。他用文字为自己筑造出一个世界，他可以悠游其中，自得其乐。如果这些文字还有些许可读之处，引来几个同道中人的共鸣，就算是它的无用之用了。

有用的东西往往累心，无用的东西却常使人静心。有用的不一定是让人快乐的，无用的反而会给人一些慰藉。有多少人一边做着有用的事情，一边却在抱怨。为了有用的事情疲于奔命者有之，谄言媚笑者有之，忙于算计者有之，损人利己者亦有之。正所谓“天下熙熙，皆为利来；天下攘攘，皆为利往”，劳心费力，一刻不闲。相较之下，平心静气，摆弄摆弄文字，于人无害，于己有益，何乐不为？

“不为无益之事，何以遣有涯之生？”人生苦短，除却有用的事，留一点儿时间和空间给无用之事，或寄情山水自然，或醉心琴棋书画，除烦去躁，陶冶性情，怡然自乐，不亦快哉？

附哥哥的小诗四首：

空　气

你是我到来时的
第一声哭泣
你是我离开时的
最后一声叹息
你无时无刻
都深入在我的心里
可我却常常
忽略你

树　枝

两根树枝
在阳光下争宠
在风雨中撕扯
争来斗去
两败俱伤
低头一看
它们竟生在
同一条树根

树

在黑暗潮湿的泥土深处
母亲忍受住委屈和孤独
用自己愁苦的根须

把儿女所需的水和养分
贪婪汲取

在贫瘠荒凉的黄土地里
母亲挺起弯曲的身躯
迎着初春的朝阳
将她的儿女高高举起

树　叶

春风吹拂中
他们是一面面旗帜
把生命的色彩抖擞

烈日炎炎下
那洒满一地的阴凉
饱含着他们恋母的温柔

白露凝霜时
他们义无反顾，告别枝头
心甘情愿地在母亲脚下
化作尘土

2019. 1. 12

再见，2019

离2019年结束还剩14小时52分38秒的时候，我准备敲下这份年终总结。

我的2019年像极了此时蹲坐在电脑旁的丑陋的日历。

2019年快来临时，兴致盎然地买了这本据说广受文艺青年“推崇”的“单向历”，也想装一把“文青”。

想象的情景是：每天早晨，我满怀喜悦地撕掉前一天的日历，饶有情趣地品读一番新一天日历上的“心灵鸡汤”，然后斗志昂扬地开始一天的工作。

实际的情形是：2019年开始的前几天，我确实悠悠然地进行了这个小小的仪式。一周时间不到，我已经顾不上去撕它。等我再次想起它时，日子已经过去了十几天、二十几天，然后我就攥住这过去的日子，一把撕掉。下一次注意它的存在时，上面已经积满了灰尘，我再次抓过来，粗暴地想要一气儿撕掉所有已经成为过去的日历。可是，纸张太厚，想要一下子撕掉，我的蛮力还不够，只得分成两三沓才撕完。于是，日历上便留下了犬牙交错的撕痕。

剩下的日历容易撕了，就像最开始几天一样，我关心起它来了：12 月 28 日，12 月 29 日，12 月 30 日……我郑重其事地轻轻地撕掉每一页，像在撕着祭奠逝者的纸钱。我细细地读着上面的文字，感觉满是对自己的嘲弄和反讽：12 月 30 日：宜温暖回望；12 月 31 日：宜蓄势待发。

对比买之前的想象和买之后的使用，真有点儿像卖家秀和买家秀的感觉啊！

2019 年就这样粗糙地度过去了。

盯着日历上被我粗暴地撕去的日子，我使劲地想那些天我都在干什么，却怎么也想不清楚。只记得每天都在紧张奔忙，只记得每天结束时都满身疲惫。

昨晚，孩子突然怪我好久没和她好好说过话，没对她笑过。我一愣，说："怎么会呢？""那你陪我玩！"孩子央求道。"不行，不行，妈妈累……""你看，你看！"孩子找到了证据般，冲我喊。我一下意识到，我对孩子经常挂在嘴边的话不就是"不行，不行，妈妈累"吗？我回到家的"标准姿势"不就是"葛优躺"吗？2019 年，到底是怎么过去的呢？

犹记得 2018 年底的总结，好像对 2019 年有一些美丽的畅想，有一些美好的期望。2019 年，倏忽而过，在离结束只剩下 11 小时 53 分的时候，我问自己，这些愿望有一点点实现了吗？

撕去最后一页，只剩下黑色的底盘。我盯着这空无所有的一团黑，仿佛看到了一个深不见底的深渊。三百六十五天的日子呀，都被吸进这无尽的黑洞中了吧！

离 2019 年远去还剩六七个小时的时间，被一群十五六岁少年的欢乐感染着。听他们唱，看他们跳，和他们一起游戏，一脸倦容的脸上也扬起了欢笑。这恐怕是教师这个职业最大的好处：你的生命中永远有一群少年，他们的朝气包围着你，激荡着你，你的精神里仿佛也被注入了新鲜的能量，即使身体疲惫，也有了继续憧憬未来的心劲和力量。

2020 年，唯愿我可以从容地翻过你的每一页！

2020. 1. 1

2020 回乡记

离上次回老家过春节已经过去了十二年，2020 年的春节，心心念念，一定要回家过年。经过前期紧张兴奋的准备，终于在农历腊月二十五驱车踏上了归途。

可是，万万没想到，大年初一晚上晚饭都来不及吃，就开始收拾行李，初二一大早就从老家开始返京。初二下午的时候，收到老家“封村”的信息，庆幸自己跑得快。

今天是大年初五，按照习俗，今天是老家待客的日子，我却于初三已经回到了北京，亲戚们也不会走动了，家里只剩下老父老母。昨晚母亲打电话，哀叹不已：“准备了那么多吃的，你们没吃个啥就走了……听说超市里都买不到菜，你回去和娃吃啥？后悔没给你们多带点儿吃的……”我安慰母亲说没那么可怕，让她安心。

回想这次回乡之旅，真是五味杂陈。

千里自驾，回乡途中，游晋祠，览潼关，赏华山，看望亲人，一路欢歌笑语。到家后，父母早已准备好过年的一应事宜，就等我们回来。吃着家乡饭，叙着家常话，一家人团团圆圆、热热闹闹，这才是过年啊！

但是，欢乐的背后，疫情的阴影在慢慢地扩散。回家之前，已经注意到网络上有关武汉疫情的消息，专家称“传染力不强，不排除有限人传人的可能，但持续人传人的风险较低”。转发给过年要回湖北老家的小姑子，只是想提醒他们稍微注意一下，根本没想到会有后来的这般严重。

一边和家人团聚，一边浏览疫情信息，和家人的谈话中，关于疫情的内容也增多了起来。

今年的回乡计划还有一项重要的内容就是回老公的湖北老家。公公婆婆小姑子一家已经订好了回武汉的机票。对老公来说，也是十年多没回过老家，今年也定要回家看看，一个月前就开始兴奋地谋划走亲戚、会同学、看老师等。随着湖北疫情的加重，我力主打消去湖北的念头，也建议小姑子他们退票。

腊月二十九，姐姐一家要从汉中乘高铁回家，叮嘱他们戴好口罩。为了不让他们再去人群密集的客运站坐客车，我们开车去西安接他们。在去西安的路上，老公退掉了五张去武汉的机票。

接上姐姐后，一车五人一路上没敢摘口罩，到家后赶紧洗漱。

除夕夜里一家人开心地放烟花、放爆竹。除夕的炮声会吓走“年”这种凶兽，也会吓走眼前肆虐的病毒吧，望着天上灿烂的烟花，我如是想。

晚上七八点时，按照习俗，本家的叔叔、兄弟、侄子们来家里给父亲拜年。心里有一点儿不安，但还是热情地接待来拜年的亲人们。过后问父亲，这些人应该没有从武汉回来的吧，父亲说没有，最远也就是从西安、咸阳回来的。

初一上午，又有本家的哥哥、嫂子们来拜年，家里说说笑笑来了一群人。久违的乡情掩盖了对疫情的恐惧。客人走后，还是赶紧打开前后大门通风。姐姐笑话我们："人家不嫌弃你们从外地回来，敢上咱们家来，你们还害怕别人？"

初一下午，和多年未见的好友相约见面，心里也不免盘算一番：她不是从湖北回来的，她家里其他人似乎也没有从湖北回来的。两个人绕村子走了一圈，听见村口的大喇叭里传来让村民们不要串门、走亲戚的呼声，不祥之感加重，不敢和好友多聊，匆匆别过。

武汉封城，老家所在省的确诊人数上升，全国确诊人数更是不断攀升，种种信息，让人不安。我们在客厅热烈地议论网上的各种消息，在厨房给我们准备饭菜的母亲呵斥我们少看那些信息，嫌搅得人"心里慌慌"。

初一晚上，还是决定第二天一早就返京，姐姐一家也返回汉中。全家都陷入了慌乱中。我们收拾行李，母亲给我们装馒头、装水果，愁容满面。

初二一早，天蒙蒙亮，母亲已经摆了满满一桌饭菜。除了平常早饭吃的粥和馒头，还摆上了筵席上的炒菜、蒸碗。母亲说："多吃点儿，你们走了谁吃呀？"心里有点儿不是滋味，虽没什么胃口，还是不愿违背母亲的心意，大口大口地吃起来。

天阴沉沉的，飘着点儿雪花。想起几天前回家的时候还是晴朗的天气，不禁有"昔我往矣，杨柳依依；今我来思，雨雪霏霏"之叹。

"还没照合照呢！"姐姐喊了一声。十多年来，今年是第一次哥哥、姐姐、我都回家过年。举家团圆，本想好好地拍个全家福。此刻，临行在即，只能匆匆合影留念。拍完照，我们和姐姐一家便上了车。父母和哥哥站在路边送行。不忍看父母的脸，故意说些不相干的话掩饰离别的情绪。车开动了，也不敢回头。

一路上，雾霾沉重。

车到西安下高速时，远远就望见长长的车队，全身上下穿着防护装备的工作人员，手拿测体温的仪器，一辆车一辆车地检查，不禁紧张起来。虽然经历过非典，但当年是被封闭在学校，对社会上的情况一无所知。第一次经历这样的检查，让人对疫情的严重程度不免又多了些担心。

将姐姐一家送至高铁站，我们正式踏上回京的路。一路上天空一直阴沉沉的。就在忧心如焚地赶路时，收到了同事发的信息，我所在小区的隔壁小区发现了一例确诊病例！说是隔壁小区，但和同一个小区差不多，共用一个超市、一个水果蔬菜店……不敢细想，脑子一片混乱，回还是不回？走在北京和老家之间的我们突然无所适从。

出都出来了，还是回吧，老公说。继续往前走，车到河南山区地带时，雾更重了，车开得小心翼翼。一天是赶不到北京了，晚上只得找酒店休息。住哪儿？郑州还是洛阳？我一路关注着河南的疫情报告，郑州最多，不能去，洛阳目前只有一例，去洛阳。

到洛阳下高速时，本以为会遇到和西安一样的情况，出乎意料地高速路口没有检查，只看到几个防疫人员站在路边。我们很纳闷儿，网上不是说河南查得最严吗？

在网上找了一家酒店，先打电话过去询问外地人能不能住，房间有没有消毒，得到肯定答复后，才进去办理入住。酒店大厅里没看见别的客人，前台都戴着口罩，有服务员送上茶水和热毛巾，赶紧接过毛巾让孩子擦手。办完手续后，还给每个人测了体温。这一系列操作让我们稍稍感到安心，觉得酒店还是有防控措施的。也有送餐服务，晚饭便在房间解决，免去了去餐厅的担忧。

第二天一早醒来，习惯性地打开头条查看疫情通报，第一眼看见的却是科比直升飞机坠毁的消息。朋友圈里一片哀悼。天灾、人祸，似乎前所未有地都集中在这个春节爆发了。

早餐不能在房间吃了，硬着头皮去了餐厅。好在人不多，我们找了一个通风的角落用完了早餐。

继续踏上返京之路。虽然不愿意去服务区停留，但还是不得不分别在渑池和邢台服务区各停了一次。看到渑池的地名，如果是正常时期，肯定要和孩子讲讲廉颇、蔺相如的故事，但此时兴致全无，只想赶快上完卫生间，迅速离开有人的地方。

沿着京港澳高速，一路奔驰，终于在初三晚上六点左右即将进入房山区。离检查区还有一段距离时，我和孩子正襟危坐，以备查验。可是没想到和进入洛阳时一样，只看见有检查人员，没看到有检查。我们边通行边猜测，是不是有什么先进的设备，车辆经过时就可以检查，或者北京没有我们想象的那么严重?

北京城笼罩在浓浓的夜色之中，路上虽然车辆不多，但万家灯火，让人看不出有什么异样，甚至觉得整个城市都很平静。

终于回到了北京的家。迅速脱掉外套，挂在阳台外面的窗户旁。再跑到卫生间，用香皂洗手——连日来的各种信息教会了我们提高警惕。

打开冰箱，里面除了半根葱，空无一物。最后在冷冻箱里发现了半包速冻饺子，如获至宝。

这就是我的2020年回乡之旅，计划中的探亲加旅游变成了狼狈的“逃窜”。这个春节又能有几人过得安稳？那些感染了病毒在医院痛苦呻吟的人们，那些顾及不到自己的安危救死扶伤的医生护士们，那些因封城不能自由出行的人们……和他们比起来，我们是多么的幸运！回家后，打开灯，打开水，打开火，看着沸水中沉沉浮浮的饺子，突然觉得此时有光、有水、有火，就是莫大的幸福！

2020. 1. 29

却归来，再续汉阳游

因为新冠肺炎疫情，“武汉”成为最近一段时间被常常提到的字眼。我想对孩子说，武汉是一座美丽的城市，它只是暂时生病了，有很多很多人正在努力地救治它。很快，它就会恢复健康，武汉，永远是一个让我们向往和喜爱的地方。

其实，很多孩子“到”过武汉，当你们背诵唐代诗人李白的诗《黄鹤楼送孟浩然之广陵》时，你们就到了武汉。

黄鹤楼是武汉名胜，坐落在蛇山（又叫黄鹤山）上，“东望黄鹤山，雄雄半空出。四面生白云，中峰倚红日。岩峦行穹跨，峰嶂亦冥密。颇闻列仙人，于此学飞术”。

李白的这首诗让我们想象出蛇山的壮丽与神奇。“孤帆远影碧空尽，唯见长江天际流。”黄鹤楼脚下就是滚滚的长江。

长江与其最大的支流汉江在城中交汇，形成武昌、汉口、汉阳三座重镇，称为“武汉三镇”。这里水陆交汇，四通八达，被赞为“九省通衢”。

“故人西辞黄鹤楼，烟花三月下扬州。”李白的朋友孟浩然就是从这里坐船沿长江东下去广陵，也就是现在的扬州。

李白还写过其他关于黄鹤楼的诗，但这位大诗人却对另外一位叫崔颢的唐代诗人写的黄鹤楼的诗佩服得五体投地，他说：“眼前有景道不得，崔颢题诗在上头。”让“诗仙”盛赞的诗是这样的：

黄鹤楼

崔　颢

昔人已乘黄鹤去，此地空余黄鹤楼。

黄鹤一去不复返，白云千载空悠悠。

晴川历历汉阳树，芳草萋萋鹦鹉洲。

日暮乡关何处是？烟波江上使人愁。

诗歌第一句“昔人已乘黄鹤去”，隐含了关于黄鹤楼的传说。相传黄鹤楼上曾有仙人骑鹤飞过，所以将楼命名为黄鹤楼。

仙人虽然已乘黄鹤飞走了，却给后人留下了黄鹤楼，可以登楼远眺，饱览武汉美景：“晴川历历汉阳树，芳草萋萋鹦鹉洲。”掠过晴天丽日下的江面，汉阳的树木清晰可见，碧绿的芳草覆盖在鹦鹉洲上。多么美好的景象！

鹦鹉洲是长江上的一块陆地，诗人孟浩然也喜欢这里。他在诗中写道：“昔登江上黄鹤楼，遥爱江中鹦鹉洲。洲势逶迤绕碧流，鸳鸯鸂鶒满滩头。滩头日落沙碛长，金沙熠熠动飙光。舟人牵锦缆，浣女结罗裳。月明全见芦花白，风起遥闻杜若香。君行采采莫相忘。”

碧流、水鸟、夕阳、沙石、舟人、浣女、明月、芦花、江风、杜若，诗人带我们欣赏到从傍晚到月夜的江上美景，如临其境。

黄鹤楼的胜景让人流连忘返，历代文人墨客在此留下了许多千古绝唱，也使得黄鹤楼更加闻名于世，和岳阳楼、滕王阁一起被称为江南三大名楼。

武汉不仅美丽，也是一座英雄的城市。正像最近钟南山院士所说："武汉本来就是一座英雄的城市。"

精忠报国的英雄岳飞曾在这里坚守八年，抗击金兵，还留下了《满江红·登黄鹤楼有感》的诗篇：

遥望中原，荒烟外、许多城郭。想当年、花遮柳护，凤楼龙阁。万岁山前珠翠绕，蓬壶殿里笙歌作。到而今、铁骑满郊畿，风尘恶。

兵安在，膏锋锷。民安在，填沟壑。叹江山如故，千村寥落。何日请缨提锐旅，一鞭直渡清河洛。却归来、再续汉阳游，骑黄鹤。

岳飞愤慨昔日的大好河山被敌人践踏，希望有朝一日"提锐旅""清河洛"后再登黄鹤楼，表达了抗击敌人、收复失地的决心。

近代，武汉还发生过著名的武昌起义。1911 年 10 月 10 日（农历辛亥年八月十九）发生的一场旨在推翻清朝统治的兵变，是辛亥革命的开端，被称为"辛亥首义"。

青年毛泽东也曾在这里留下足迹。1927 年，当时的中国正处于多事之秋，大革命处于低潮时期，毛泽东途经武汉，怀着苍凉悲壮的情感登上黄鹤楼一吐心曲，写下了《菩萨蛮·黄鹤楼》：

茫茫九派流中国，沉沉一线穿南北。烟雨莽苍苍，龟蛇锁大江。

黄鹤知何去？剩有游人处。把酒酹滔滔，心潮逐浪高！

虽然流露出对革命前途的焦虑，但“把酒酹滔滔，心潮逐浪高”表达了和反动势力斗争到底的决心。不久，毛泽东就点燃了秋收起义的革命烈火，建立起井冈山革命根据地，为中国革命打开了新的局面。

抗日战争时期，武汉被日本侵略者占领长达七年，英勇的武汉军民进行了艰苦卓绝的抗日斗争。

和平发展时期，武汉也有无数英雄的业绩。最著名的是武汉长江大桥的修建。1956年毛泽东巡视南方，在武汉三次畅游长江后写下《水调歌头·游泳》：

才饮长沙水，又食武昌鱼。万里长江横渡，极目楚天舒。不管风吹浪打，胜似闲庭信步，今日得宽余。子在川上曰：逝者如斯夫！

风樯动，龟蛇静，起宏图。一桥飞架南北，天堑变通途。更立西江石壁，截断巫山云雨，高峡出平湖。神女应无恙，当惊世界殊。

词中“一桥飞架南北，天堑变通途”高度赞扬了武汉长江大桥的修建。

武汉长江大桥是“天堑”长江上修建的第一座大桥，也是古往今来，长江上的第一座大桥，是连接我国南北的大动脉，对促进南北经济的发展起到了重要的作用。它不仅是长江上一道亮丽的风景，也是一座历史丰碑，记录着武汉人民不怕困难、建设家园的英雄业绩。

今天，无数医生、护士、解放军战士，还有其他各行各业的人们投入到抗击疫情、保卫武汉的战斗中去。他们是我们这个时代的英雄，他们的壮举正为武汉这座英雄的城市书写着最浓墨重彩的一笔。

武汉就是这样一个美丽的地方。

待到阳春三月，草长莺飞，武汉东湖的樱花盛开，那将是武汉最美的季节。那时候，人们携老扶幼，畅快地呼吸来自长江的春风，尽情地欣赏云霞般灿烂的樱花，该是何等的幸福，何等的惬意。

相信英雄的城市“不管风吹浪打”，终将战胜困难，创造奇迹，再一次让世界刮目相看。有朝一日，我们携手，“却归来，再续汉阳游，骑黄鹤”，尽赏武汉美景。

2020. 2. 1

宅家抗疫记

从大年初三夜行千里返京之后到今天，一直宅在家里。屈指一算，已四十日有余。

这几十天里，没有琴棋书画诗酒花，唯有柴米油盐酱醋茶。当生活中的其他事情都处于停滞状态的时候，吃饭成了头等大事！醒来第一件事，先查看疫情信息：“妈呀，还在增长！”感叹唏嘘一番之后，一个当务之急的重大问题就摆在了眼前：“今天吃啥呀?”对于一个常年“十指不沾阳春水”、厨艺不精、主要靠外卖为生的人来说，这个问题难过哥德巴赫猜想。去厨房里转一圈，瞅瞅冰箱里冷冰冰的蔬菜，翻翻白花花的大米，真想有个田螺姑娘，趁我熟睡的时候，把生米做成熟饭啊！肚子咕咕的叫声将我从传说拉回现实。必须自己动手、丰衣足食了！

感谢这个知识共享的网络时代，手指在手机键盘上轻轻敲击几下，就会看到东西南北各大菜系的烹饪方法。作为一个菜鸟级“煮妇”先虚心地从简易家常菜学起。于是，在厨房这块方寸之地，创造了人生的多个第一次：第一次炸油条，第一次摊凉皮，第一次烙馅饼，第一次蒸花卷，第一次炖红烧肉……因为有网络菜谱的指导，每个“第一次”还算成功。当然，也会有惨不忍睹的翻车现场——第一锅凉皮做成了面糊糊（第二锅凉皮就好很多），用电饭锅做蛋糕做成了蛋饼——但是从失败中总结经验教训；承认“工欲善其事，必先利其器”（没有打蛋器和烤箱，就果断放弃做蛋糕），这也是一个“厨娘”应有的修养。除了加强自我学习，还和同学在微信群里交流心得体会。于是乎，十七年前在大学宿舍共同抗击非典的几个人，又紧密地团结在了抗击新冠肺炎的阵营里。同学开玩笑说，我们的群好像成了新东方烹饪学校的群。

隔几天出门采购一次物资也是全家严阵以待的事情。孩儿爸作为家里唯一的男性勇敢地担负起了采购的重任。出门前“全副武装”（其实也就是戴上口罩），进门后“彻底消毒”（其实也就是洗洗手）。“快快快，赶紧洗手！”“赶紧把这些东西消消毒！”“口罩！口罩！挂外面！”……在三个人紧张得乱喊乱叫声中完成一系列操作。家中有粮，心里不慌。看到橱柜和冰箱里塞满了食材，心底不由得又涌起了打持久战的勇气。

我偶尔也会去采购。每出一次门，紧张得就像奔赴战场。超市里人头攒动，和别人擦肩而过时都不自禁地会屏住呼吸。像打游击一样，冲到这个货架拿包盐，又飞快地冲到那个货架拎包纸，迅速采办齐全后，冲到柜台结账。不知道是因为着急还是因为手上戴着一次性手套太滑，几次输入手机密码都显示错误开不了机。无奈，只好摘掉口罩，人脸识别开机、付账。刚刚戴上口罩的一刹那，我身后的顾客连打两个大喷嚏。虽然她也戴着口罩，但是，我感觉她的喷嚏的威力可以将口罩拱上天。我瞟了她一眼，她也看了我一眼。我看到她眼里的惊慌，她应该也会看到我眼中的幽怨。回家之后，一整天都心有余悸，怀疑自己会不会被传染了。还有一次惊魂事件，从超市回家的路上，经过小区防疫检查点，一个工作人员查了我的体温后，得意地对同事说："目前为止，查到一个体温最高的。""最高？有多高？没拦我就是体温正常吧，那咋还说最高呢？正常就得了，这玩意儿还要比吗？"我心里一边嘀咕着，一边落荒而逃。

单纯的家庭主妇生活没有持续多久，工作上的任务接踵而来。其实随着疫情的逐渐加重，整个寒假都手机不离手地做着各种统计和汇报工作。延迟开学后，更成了"手机、电脑控"。网上上课、网上批作业、网上开班会、网上监管学生、网上和家长沟通……一切教育教学活动都在网上进行。看到一个段子说老师恨不得顺着网线去找学生，简直太形象了，代表了很多时候我的心情。学生有没有接到通知？有没有上网课？有没有完成作业？有没有疑问？学习状态怎么样？……看不见，摸不着，只能通过虚无的网络来了解。经常还会遇到失联的情况，你不断地@某某某，好几天都可能杳无音信。这个时候，真想顺着那根网线爬过去找找啊！

虽然有种种的不便，但工作也转移了疫情带来的焦虑和不安。一日三餐加工作，生活比正常上班还要充实和忙碌。

学生在茫茫的"云端"，眼前却有一个实实在在的"神兽"。对这只"神兽"来说，你不光是她的妈妈，你还要身兼数职——营养师、家庭教师、玩伴、心理医生等。前所未有的长时间的亲子共处，很难做到母慈子孝，岁月静好。单元楼里时闻虎啸狮吼、鬼哭狼嚎之声，我虽时时告诫自己，要引以为鉴，但"神兽"的种种"不良"行为也时常引爆我的不耐烦，家里难免一阵阵的鸡飞狗跳。最让我感慨的是，孩子在这段时间非常黏人。天天请求我陪她玩一会儿，晚上爸爸下班回来，也缠着她爸爸不放。经常晚上睡觉的时候躺在我身边，像大人一样唉声叹气："我好孤单啊，我觉得全世界就剩下我一个人了……"听她这样说，我心里也不是滋味。长时间的隔离，隔离了病毒，也隔离了同伴一起玩耍的欢乐。我只能劝她，等疫情结束了，就可以找小朋友玩了。

疫情的发生，让我们害怕聚集，远离人群，但熙熙攘攘、热热闹闹的群体生活才是正常的人类生活呀。小孩儿需要玩伴，大人又何尝不想恢复正常的社交？像我一样忙碌在厨房的人固然是为了填饱肚子，但不得不说，在家里鼓荡起烟火气，也是为了以此来填补久宅的寂寞吧。

愿生活早日回到正轨吧。树在发芽，花在开，河里的水在流淌，我还要带着我的学生一起吟诵呢：

> 莫春者，春服既成，冠者五六人，童子六七人，浴乎沂，风乎舞雩，咏而归……

2020. 3. 10

安　家

马路边观望鸟儿筑巢，也算是平生头一次了。

父女俩去商场买玩具，我以疫情期间不宜去人员密集场所为由拒绝同去，一个人待在车里。天气很好，三月暖阳透过车窗照进来，不一会儿就觉闷热难当，索性推开车门，坐在门口。虽是周末，路上行人很少，想必商场里也很冷清吧。我对为了玩具勇闯商场的父女放了心，悠闲地瞭望起风景。清新的空气迎面而来，清脆的鸟鸣也啾啾入耳。

不觉抬头仰望。就在我头顶高高的白杨树枝上，站着一只喜鹊，嘴里衔着一根树枝。不，好像不是树枝！我连忙打开手机的照相机，拉近了镜头细看，竟是一根半尺左右的S形的铁丝。它从哪里找来这么个东西？要用它做什么呢？我的好奇心被勾了起来。端坐身体，持稳手机，目不转睛地盯着镜头。

“扑棱”一声，这只喜鹊飞走了，我赶紧用镜头追随。好在它没有飞远，在几米外的树上又停了下来。我调好相机，对准它所在的位置一看，高高的树杈上，有个鸟巢。这只喜鹊就停在鸟巢上，不断地点着头，嘴巴频繁地动着，鸟巢上的树枝好像被衔起又放下，反反复复。原来是在筑巢啊！我看不清楚它究竟怎样将那些枝条编成了巢。但想起北京奥运会的场馆“鸟巢”，其设计灵感就来源于自然界的鸟巢，不觉对这只喜鹊心生敬意。如果它的巢全用它刚才衔的铁丝筑造，那岂不又是一座“鸟巢”？这么一想，我不觉失笑。

就在我一晃神的工夫，它又飞走了。我赶紧拿着相机“追”。它又停在了我头顶的树枝上。这时候，不是它一只，又多了一只喜鹊。两只鸟叽叽喳喳，不知道是不是在商量筑巢的事。商量完，那只喜鹊又飞回到巢上，继续刚才的动作。我在镜头里看着它，感觉它的黑眼睛也盯着我。突然有些不好意思，觉得自己打扰了它的劳动。不一会儿，这只喜鹊又飞走了。这一次它飞出了我的镜头，飞远了。我想它应该是去找筑巢的材料了吧。

因为是生平第一次这么近地看鸟筑巢，回家后念念不忘。百度了一下鸟巢。了解到不管是哪种鸟，营建一个巢都是一项十分浩大而艰巨的工程，要付出艰辛的劳动。“鸟类学家做过精确的记录，一对灰喜鹊在筑巢的四五天内，共衔取巢材六百六十六次！其中枯枝二百五十三次，青叶一百五十四次，草根一百二十三次，牛、羊毛八十二次，泥团五十四次……”我看到的只是一只喜鹊在几分钟之内的劳动，已经感觉到它的辛苦。不知道要建成一个鸟巢竟需要这么艰辛的劳动！

鸟不易，人亦然。最近有个热播的电视剧，叫《安家》，和几年前大火的《蜗居》是同一个编剧，都是反映都市男女买房、卖房的故事。安家，自古以来都不是一件容易的事。杜甫流落成都，茅屋为秋风所破，于饥寒冻馁中呼号：“安得广厦千万间，大庇天下寒士俱欢颜，风雨不动安如山。”苏轼贬谪黄州，举目无亲，幸得黄州知州相助，有了黄州城东的数十亩坡地，从此躬耕陇亩，造房筑屋，得到了一段短暂的安定。举世闻名的“东坡居士”的称号也由此而来。这是古人有名的“安家”故事。

“长安米贵，居大不易。”近十几年来，节节攀升的房价更使生活在大都市的人们，“居大大不易”。在安家这件事上，普通人家，谁家没有一本难念的经？如果写出来，想必都能洋洋洒洒写个千言万言的“安家”故事了。蚁族、胶囊公寓、群租房；按揭、首付、还贷款……层出不穷的新名词，挂在嘴边的老谈资，简单的词语背后，多少打工一族的心酸？多少房奴一族的哀怨？

楼下车棚住有一户人家。车棚的一头放小区住户的自行车、电动车，另一头隔出了一块地方，就是他们的家。地方不大，但也似乎隔出了两间卧室、一间厨房、一个卫生间。可谓是麻雀虽小，五脏俱全了。但我想，冬天没有取暖设备，夏天的时候，车棚里的温度比外面要高出很多，再加上用车的人进进出出，住着一定不舒服吧。家里几口人搞不太清，看到过一个年轻妈妈抱着一个吃奶的孩子。还有一个老头，似乎腿有残疾。也不清楚他们的工作，只知道每月收取存车费是他们的一项收入来源。近日，一家人似乎从外地回京了。四五个警察装扮的人进去找他们，好像是叮嘱隔离的事情。我心想，这样的居住条件，有老有小，怎么隔离呢？

喜鹊筑巢的地方，是北京朝阳区一处著名的商业街。对人来说，黄金地段，房价不菲。对鸟来说，虽然路边高树参天，但平日熙来攘往，喧嚣嘈杂，也不宜鸟居。喜鹊现今之所以在此筑巢，大概是因为疫情期间，商铺关门，车流人流骤减，难得一片清净之故。但我担心，随着疫情的结束，一切恢复正常，鸟巢即使建好，也不是理想的繁衍之地。喜鹊终归要弃巢而去，寻找更好的安家之处。

但愿城市的生态环境能更好一些吧，于鸟，于人，都能居有其所。

2020. 3. 18

谷雨看牡丹

“谷雨三朝看牡丹”，果然不错。

谷雨的第二天，去附近的公园散步，本欲放松放松干涩的眼睛，不想一片盛开的牡丹，竟饱了一顿眼福。

周敦颐一篇《爱莲说》，影响太大。“牡丹，花之富贵者也”，“牡丹之爱，宜乎众矣”，似乎牡丹成了俗气的代名词，喜欢牡丹，君子不为。

君子爱莲，女子爱美。谷雨时节，且赏牡丹吧。

搞不清什么姚黄魏紫，赵粉欧碧，只觉牡丹花真是花色丰富：黄、紫、红、粉、白、黑……黄的如绸，紫的如缎，白的如玉，粉的如霞，红的浓艳，黑的（其实是深红色或紫黑色）妖冶。据说还有绿的，因为培植方法独特，极为名贵，想必也是莹润可喜。

最可赏的是牡丹花花形硕大，花瓣重重叠叠，给人雍容华贵、富丽堂皇之感。难怪人们要给牡丹冠以国色天香之美誉。

如将牡丹比人，大概只有李白的比喻最贴切了：

云想衣裳花想容，

春风拂槛露华浓。

若非群玉山头见，
会向瑶台月下逢。

除了资质丰艳的杨贵妃，谁还堪比牡丹呢？

在唐代另外一位诗人刘禹锡的眼里，牡丹兼具妖、净、格、情四种资质，可谓花中最美：

赏牡丹

庭前芍药妖无格，
池上芙蕖净少情。
唯有牡丹真国色，
花开时节动京城。

给孩子讲牡丹的传说：在一个隆冬大雪之日，武则天在长安游后苑，命百花齐放，以助酒兴。遂下旨曰："明早游上苑，火速报春知，花须连夜发，莫待晓风吹。"百花慑于武后的权势，都违时开放了，唯牡丹仍干枝枯叶，傲然挺立。武后大怒，便把牡丹贬至洛阳。牡丹一到了洛阳，立即昂首怒放，花繁色艳，锦绣成堆。这更气坏了武后，下令用火烧死牡丹，不料，牡丹经火一烧，反而开得更是红若烟云、亭亭玉立，十分壮观。

孩子听了，很不以为然："武则天哪有这么傻？这不是贬低了武则天吗？"我不禁失笑。编这个传说的人大概没想到一个小学生会这样理解吧。但不管怎么说，用武则天做陪衬，牡丹更显尊贵，还成了不畏权势的象征，绝不是周敦颐眼中的俗物了。

如此高贵美艳的牡丹花，也曾在我家的小院里绽放过。记得小时候，父亲外地出差，带回两根枯枝，说是牡丹花枝。我们都很怀疑这样像个烂树枝的东西还能开花？父亲在我家院子中间的小花园里挖了很深的坑，坑底施上肥，把牡丹花枝插进去，填上土，浇上水。刚开始几日，我们还看一看有没有动静。过了几天，就没有人关心它了。不知道过了几月几年，枯枝上竟然长出了叶子，还开出了花！一棵花是白色的，另一棵是淡紫色的，中间是黄色的花蕊。父亲说，这就是牡丹花。那是我第一次认识牡丹，只觉得它比我家院子的其他花稍大一些，花心中间时常趴着一只马蜂，我也不敢靠近。大概是水土的原因，牡丹花好像开了两季就死掉了。父亲有些惋惜。我长大后，从书上对牡丹多了一些了解，才感叹，当年我家也种过牡丹呀！

北京景山公园的牡丹很出名，每年花开，观者如云，也可谓是“花开时节动京城”了。我嫌人多，没去过。两年前倒是去天坛公园赏了一回牡丹。可能天坛公园的牡丹规模没有景山公园的大，但是，人少，我可以带着孩子尽情地欣赏。牡丹的多彩多姿给我们留下了深刻的印象。巧的是当天孩子身上的衣服，当胸缝着一朵大大的黑色的牡丹花。假牡丹与真牡丹相映成趣。

今年不能去各大公园赏牡丹了，眼前的这一小片牡丹也不错。公园里桃花、海棠已谢，唯有牡丹开得正盛。远处古塔凌云，近处湖水泛碧，牡丹花随风摇曳，别有一番情致。

正月梅花，二月迎春，三月桃花，四月牡丹，五月石榴，六月荷花……大自然待人真是不薄呀，不同的时节，呈现出不同的美，供人欣赏玩味。

公园另一边种了一大片芍药，此时绿叶旺盛，时见花骨朵掩映其间，大概不久也要开放了吧。想起几年前去大观园参观了“史湘云醉卧芍药圃”之处，不知今年可有幸否？

2020. 4. 24

一边怀疑，一边写作

读高中、大学的时候有写日记的习惯，那是写给自己。之后几年的时间，心里颇不平静，除了按要求写写论文，再也没有静下心来写过东西。一度怀疑自己不会写了。

再次动笔，是工作以后。在一段相对自由的时间，生活也安定下来，又重新写了起来。出于保存的目的，就发在了 QQ 空间。时常有 QQ 好友回复评论，也算是从过去的纯私人写作转向了公共写作。

工作的繁忙，生活的琐碎，会严重压缩人的精神空间。有时候，一年过去了，也写不了几篇。深切地感受到写作的人一定需要一点儿鲁迅先生所说的“余裕”，你才有心情去品尝生活的百般滋味，才会产生写点儿什么的冲动。即使断断续续地，到现在，也写了十来年。

2016 年年底，一时兴起，申请了一个微信公众号。从此，写作的阵地就从 QQ 空间转移到了微信公众号。因为微信的便捷、即时、扩散速度快，文章一经发出，就会被迅速地转发，被更多的人看到，这里面可能就有伯乐、有贵人。我是得益于微信平台的，正是通过它，我才有了想也不敢想的平生第一部散文集《苦乐年华》的出版。这本集子差不多将我十年来写的文章尽收其中。我一个籍籍无名的普普通通的写作爱好者竟能出书，惶恐至极，喜悦至极，感动至极！这也给了我继续写作的动力。

写作于我是快乐的。我经常有一个类比，写东西就像养花养狗，文字就是我的花草和宠物。我不会养花，养宠物又嫌麻烦，就侍弄侍弄文字。斟酌词句的过程就像给花剪枝修叶，给狗洗澡理毛，看到花盆里开出一朵花来，看到宠物干净漂亮的样子，人们会很开心，我看到自己写出一篇东西来，也开心。

写东西的过程，心无旁骛，神思专注，经常会进入忘我的状态，很容易体验到心理学上的一个概念——“心流”，即一种“人们在专注进行某行为时所表现的心理状态。心流产生的同时会有高度的兴奋及充实感”。写完一篇，释电脑而立，“为之四顾，为之踌躇满志”，颇有庖丁的得意之态。还会一遍遍地读自己写的作品，敝帚自珍。

但是也会经常性地陷入怀疑和沮丧：“这什么呀，写的！没内容，没文采，一看就是书读得太少，生活面太窄。还敢发出去？脸皮也太厚了……”从我的意识里跳出另一个我来，愤愤地指责我，“你写的东西太不合时宜了。不是写农村，就是写过去，点击量十万+的热文层出不穷，谁还爱看你这些呀！”

我也辩解过。什么不忘过去啊，寻根啊，说得有些堂皇。其实，我想，真正的原因是我只会写自己沉淀过的生活。也许将来有一天，我会写到现在。那个时候的现在，就像陈年老酒经过了岁月的发酵一样，经过了我千百次的回味和思考，我才会写出来。至于能力水平，我没有写作的天分，只有通过不断的练习来磨砺和提高——所以也特别感激对我粗鄙的文字极尽包容的朋友们。

对自己产生怀疑时，我就去读书。读着读着，又仿佛找回了一点儿自信。汪曾祺先生说："故乡和童年是文学的永恒的主题。"我深以为然。季羡林先生说："怀旧回忆能净化人们的灵魂，能激励人们的斗志，能促使人们前进，能扩大人们的视野。"我仿佛为自己沉湎过去找到了借口。

亲人、朋友、孩子的鼓励也给我勇气。每当想到远在老家的父亲戴着老花镜，对着手机屏幕，费劲地给母亲念我写的文章的时候；想到相亲相识或素昧平生的朋友远在"云端"为我点赞留言的时候；想到孩子赖在床上翻着我的书说"妈妈，我觉得你写得挺好的，你咋不多写一点儿呢"的时候，我又厚着脸皮写下去。

我成不了作家，我只是我自己生活的记录者。即便有这样那样的怀疑，我也想坚持下去。

用阿根廷作家博尔赫斯的话结束这段文字：

> 我写作是为了光阴流逝使我心安。

2020.4.30

听　　雨

这场雨，从昨天下午两三点钟，一直下到今天清晨。一时急促，一时徐缓，好似在这悠长的夏日里开了一场冗长的演奏会。

雨初起时，稀稀落落，然后一阵紧似一阵，噼噼啪啪响成一片。正值小学放学，人声、车辆声盖过了雨声。听汽车喇叭声大概可以想见司机的性格。干脆的一两声，只是善意地提醒，脾气比较温和。急切地，一声紧接一声的，一定是个急脾气。长长的嘶鸣，没有间断，一按到底的，一定是个暴脾气。他不能容忍眼前的阻挡，非要一气儿地用刺耳的轰鸣把它轰走。这几种脾气的碰到了一起，长声短声，高音低音，此起彼伏，杂乱无章。好像闹掰了的锣鼓队，你狠命地敲锣，他疯狂地打鼓，还有一个使劲地摩擦着两片铙钹。这雨中的演奏在你的脑袋里炸开了锅。不得不感叹“结庐在人境，而无车马喧”真是很高的境界。

入夜，短暂的停歇后，雨又下了起来。中间伴以转瞬即逝的电闪和雷鸣。孩子问：“是先有闪电，还是先有雷？”正问着，一道闪电，约三秒后听到雷声。“知道了吧？”我们俩相视而笑。

夜里，孩子睡着了。我辗转反侧，索性听起雨来。

少年听雨歌楼上，红烛昏罗帐。壮年听雨客舟中。江阔云低、断雁叫西风。

而今听雨僧庐下，鬓已星星也。悲欢离合总无情。一任阶前、点滴到天明。

这大概是最著名的听雨词了。年少时歌舞场上的轻薄逐笑，壮年时风雨飘摇中的颠沛流离，老年时饱经忧患后的萧索凄凉。雨珠串起了一生！同是听雨，不同年龄，不同境遇，感受竟如此不同。

心里默念着这首词。想自己从青葱年少到人到中年，仿佛做梦一场。少年听雨，还是在老家的炕上。其实年少嗜睡，白天宣泄了一天精力，晚上倒炕便着，是不大在乎雨的。雨声，淅淅沥沥也好，哗哗啦啦也好，都被编织进了梦里。倒是深深记得，每逢夏季大雨之夜，母亲就紧张得睡不着觉。半夜好几次坐起来，竖着耳朵听窗外的雨声大小，听院墙后面是否有山洪袭来。当时年少，不能分担母亲的胆战心惊，睡梦中醒来，看一眼母亲，还是沉沉地睡去。第二天早上起来才知道果然夜里发了洪水，水涨到我家后墙的一半高。幸亏有引水渠将洪水引到了村口的两个大壕里，才不至于引发墙倒屋摧的灾难。两个大水壕，在后来很长的一段时间，成了我和伙伴们的乐园。真是少年不识愁滋味啊！

最近，母亲打电话总问什么时间放假，什么时候回家。今夜，家里下雨了吗？老家的屋墙已经翻新加固，想必母亲不会再为下大雨而担惊受怕了吧？但是，雨声会不会惊醒母亲，她又会想自己的小女儿什么时候该回家了吧……

如今，年过四十，故乡遥遥，困居一隅，品尝过“不知道明天和意外哪个先来”的人生滋味，听着混杂着城市喧嚣的雨声，内心烦躁不安，越发难以入睡，再无少年的美梦。

这样的雨夜，有多少人像我一样无眠？

老杜寄身成都郊外，茅屋为秋风所破，“床头屋漏无干处，雨脚如麻未断绝。自经丧乱少睡眠，长夜沾湿何由彻？”何等的焦灼难安！“帘外雨潺潺，春意阑珊，罗衾不耐五更寒。”沦为阶下囚的李煜，怀想着“别时容易见时难”的“无限江山”，同样难眠，何等的悔恨难言！客居京城的陆游，“小楼一夜听春雨，深巷明朝卖杏花”。宦海沉浮，世态人情，何等的惆怅无聊！“梧桐更兼细雨，到黄昏，点点滴滴。”国破家亡，饱经丧乱的李清照，再没有妙龄词作的清新可人，何等的沉郁凄婉！还有那寄人篱下、敏感多情的黛玉，“已觉秋窗秋不尽，那堪风雨助凄凉！”“连宵脉脉复飕飕，灯前似伴离人泣。”“不知风雨几时休，已教泪洒窗纱湿。”那常年不断的泪珠儿伴着绵绵不尽的秋雨，何等的苦闷忧伤！

困顿的贫士、亡国的国君、忧患的英雄、漂泊的弱女子……这些千古失意之人，好像约好了似的，于这漫长的雨夜，穿越时空，一齐来聚。今夜，注定是个不眠之夜啊。可惜，我没有酒，不能把盏推杯，招待这些亲切的人，和他们一起“同销万古愁”。

夜深了，车声渐寂，只留稀稀落落的雨声。孩子轻哼了一声，翻了个身，继续沉睡。我仿佛也昏昏沉沉地睡着了。

再次醒来时，根据生物钟推算，应是早晨的四五点钟。窗外还不闻人的动静。雨点打在窗栏上，发出清亮的金属声。一声，一声，均匀，平缓。也许是睡眠消除了疲倦，也许是清晨的凉爽让人感觉舒适，我伸了伸有些僵直的腿，放松身体，仔细地听起了雨声，享受此刻的平静。心底不觉涌起一首老歌的旋律：

是谁在敲打我窗/是谁在撩动琴弦……那缓缓飘落的小雨/不停地打在我窗……

快七点的时候，孩子醒来，笑着问："雨下了一晚上啊?"我说："是呀!"孩子笑笑，就起床洗漱去了。

窗外，雨停了。太阳打开两扇云朵，从中间露出脸来。

世界恢复如常。

2021. 7. 6

风　筝

带着孩子去放风筝。春光明媚的大运河畔，绿柳扶风，碧桃夭夭。广场上放风筝的人三五成群。天上更是热闹。妖娆的紫蝴蝶翩翩起舞，美丽的艾莎公主飘飘摇摇，酷酷的蝙蝠晃晃悠悠，鱼、蛇、机器猫、熊大、熊二、古装美人、战斗机……水里游的，地上爬的，现实的，虚拟的，此时，都“好风凭借力，送我上青云”，铆足了劲儿，飞向那高远的蓝天。

孩子和爸爸放风筝，我看。看放风筝也是一件有趣的事情。会放的人，不急不缓，气定神闲。看好了风向，将风筝抛出去，根据风力的大小，或收线，或放线，风筝平稳地在天上飘摇。不会放的人，手忙脚乱，大呼小叫。一会儿风筝歪了，一头栽下来。一会儿线胡乱地缠在了滚轴上，收也不能，放也不能。还有的，眼看风筝要落到大树上，使出浑身解数，也不能英雄救美，只得忍痛割线。

不管怎样，风筝腾空而起的那一刻，都让人雀跃。越飞越高的过程中，我这个看风筝人的心也一点一点地被牵引到云天深处，被东风涤荡着、抚慰着。

和风筝有关的记忆也被吹醒了。

先是一只简陋寒碜的风筝。一块废弃的塑料纸绑在几根竹棍上，再绑上一根绳子，就成了所谓的“风筝”。春天的田野上，东南风呼呼地吹着，青青的麦苗一起一伏。一群小孩儿追着“风筝”的主人——一个大孩儿，跑啊跑，跑啊跑，边跑边喊：“飞起来了！飞起来了！”小小的我，是其中的一个。好想摸摸大孩儿手中的线呀，最后，跑不动了，追不上了，只得悻悻而返。

又飞来了大观园里的风筝。什么大蝴蝶、大凤凰、大蝙蝠、大鱼、大螃蟹、美人风筝、一连七个大雁的风筝……花样不比现在的少，而且寓意丰富。一群豆蔻年华的女子，再加一个多情贵公子，在春意盎然的大观园，说说笑笑，云鬓交错，衣袂飘飘，真是美到极致的风景。可曹公偏偏要在风筝上寄寓人物悲情的命运。探春的风筝象征了她的受人牵制，凄惨远嫁，一去不归。黛玉的风筝没有带走黛玉的病，却喻示了她如风筝般脆弱的生命。宝玉剪了自己的风筝去和黛玉的做伴，细腻的心思、真挚的情感让人动容。这哪里是放风筝啊，笑声背后尽是凄楚。

接着是鲁迅的“风筝”，沉重压抑，承载了先生对小时候破坏弟弟的风筝的悔恨，对扼杀孩童天性的自责……

“妈妈，你也来放放嘛……”女儿的呼喊声打断了我的思绪。我从草地上站起来，“好！我也放放！”边应和，边跑向孩子。孩子教我怎么放，孩儿爸鼓励我放坏了也没关系。我一手拿过线轴，一手拽着线，感受到呼呼的风对风筝的鼓胀，手中的线对风筝的牵引。“妈妈，放线，放线……跑，往后跑……”在女儿的指挥下，我跑了起来，看着风筝在我的手中，越飞越高，激动地喊叫起来，快乐得像个孩子。

此时，天上的风筝也是单纯地快乐着的吧。它不再承载任何不幸和悲伤，只需乘着风，轻快地飞扬、飞扬……

“草长莺飞二月天，拂堤杨柳醉春烟……”孩子边跑边唱。

2022. 4. 5

第三辑　读书求真

Du Shu Qiu Zhen

读《苏东坡新传》

苏东坡的传记很久以前读过两本，一本是闻名于世的林语堂先生的《苏东坡传》，一本是王水照先生的《苏轼传》。因为年代久远又兼记忆力衰退，前者只记着给苏东坡贴了一堆标签，什么“一个不可救药的乐天派，一个伟大的人道主义者，一个百姓的朋友，一个大文豪、大书法家、创新的画家、造酒实验家，一个工程师，一个假道学的憎恨者，一个瑜伽术修行者、佛教徒、巨儒政治家，一个皇帝的秘书、酒仙、心肠慈悲的法官，一个政治上的坚持己见者，一个月夜的漫步者，一个诗人，一个生性诙谐爱开玩笑的人”。后者读得浮光掠影，只记得是用苏轼的诗词作品串起了他的一生，是传记，也是作品解读。

近日，偶然之间，知道还有一本《苏东坡新传》。作者叫李一冰，不是文学家，也不是专门研究苏轼或古代文史的学者教授。打动我买书的是作者的经历。李一冰先生，原是浙江杭州人，经历民国、日军侵华时期的战乱离丧。抗战胜利后赴台生活。在台湾卷入一场贪污案做了替罪羔羊，后又遭朋友告发，坐了牢。狱中四年，将苏诗两千多首背得滚瓜烂熟。出狱后，鬻文为生。下决心写《苏东坡新传》，抄写整理资料，为著书下足了死功夫。曾说：“不写一句没有根据的话。”这样的经历，使得这本传记一定不同于一般研究者的著述。

正如该书序言——张辉诚先生的《寻找李一冰》中所说：

> 他把自己的悲辛穷厄熔铸在《苏传》中，他借东坡的行止来浇自己的块垒。这样的写法，很容易就让读者深受感动，因为他把自己的饱满情感灌进东坡形骸，他让东坡形象跃然纸上之外，更让读者深入东坡的内心世界，那个幽微难言的内心世界，他体会得最深刻、最具体、最实证。简单地说，一冰先生让《苏传》里的东坡和他真实的生命处境交融在一起。如此一来，《苏传》便完全不同于文学家驰骋起文采所写的东坡传记，更不像学者饾饤獭祭堆砌资料出来的传记……

这也正是书中在记叙东坡行止之后，经常有几句甚至大段情深意切的感慨和鞭辟入里的评价的缘故吧。这些文字让我这个读者也深受感动，忍不住不断地提笔在新书上勾画出来，并反复地诵读。

作者困厄中写东坡，人于困厄中读之，也别有一番滋味。

有一句话，“人生缘何不快乐，只因未读苏东坡”，不知出处。我想大概是说读了苏东坡，就会被坡仙乐观旷达的天性所感染，人生就没有什么不快乐了吧。乐观、豁达、豪放是每一个读过初高中语文教材中的苏轼作品的人对苏轼的深刻印象。因为选材所限，很容易让学习者形成这样一个单一的认知。但是通读传记，了解了作品的来龙去脉，了解了苏轼起起伏伏的人生经历，读到更多苏轼的文章诗词之后，我方明白，东坡先生的情感是多么的丰富，品质是多么的厚重，岂是一个乐观旷达能概括得尽的！在东坡身上，我们看到泛舟赤壁，高歌“大江东去，浪淘尽”的豪放，也能看到寓居贬所，低吟“拣尽寒枝不肯栖，寂寞沙洲冷”的孤寂。面对同一轮明月，歌“但愿人长久，千里共婵娟”与吟“中秋谁与共孤光，把盏凄然北望”的是同一个东坡，豁达有之，忧伤亦有之。面对同样的风雨，唱“莫听穿林打叶声，何妨吟啸且徐行”的和写“南来不觉岁峥嵘，坐拨寒灰听雨声”的也是同一个东坡。潇洒有之，凄凉亦有之。正所谓情随事迁。豪迈放歌者东坡，长歌当哭者亦东坡。如此，才是有血有肉的苏轼，才是贴近我们每个普通人的东坡。

苏轼的乐观旷达虽有其天性，但更多的是经过了苦难的淬炼、悲痛的熔铸，这样的乐观才不浅薄，这样的旷达才不轻浮。

罗曼·罗兰在《巨人传》的序中写道：

> 这些传记中人的生涯，几乎都是一种长期的受难。或是悲惨的命运，把他们的灵魂在肉体与精神的苦难中磨折，在贫穷和疾病的铁砧上锻炼；或是目击同胞受着无名的羞辱与劫难，而生活为之戕害，内心为之碎裂，他们永远过着磨难的日子，他们固然由于毅力而成为伟大，可是也由于灾患而成为伟大。

苏轼何尝不是这样的一位伟人！从二十一岁和弟弟苏辙一起出川赴京应举到六十六岁卒于常州，除了中间先后几年回乡丁忧以外，苏轼的一生都在异乡奔波。甚至可以不夸张地说，他不是在出仕的路上，就是在贬谪的路上。其间一时天堂，一时地狱，晴天霹雳，暴雨狂风，惊涛恶浪，山穷水尽，流离失所，别恸离殇，沉沉浮浮，曲曲折折……种种困厄艰辛不一而足。苏轼晚年有诗："心似已灰之木，身似不系之舟。问汝平生功业，黄州惠州儋州。"便是对他这一生颠沛坎坷的高度概括。

我想，苏轼的真正伟大则在于他"看清了生活的真相之后依然热爱生活"。不管何地为官，都能造福一方。即使身处困厄，也倾尽所有，救急济穷。把每一趟流配之途变为旅行之路，每到一处，必要登山临水，访僧求道。把每一处谪居之地变为燕居之所，虽陋室而德馨，新朋旧友往来不绝，促膝长谈，把酒言欢。对人弃而不食之物，甘之如饴。于人不堪忍受之地，发现兴味。甚至对三番五次几欲置自己于死地的仇敌都能不计前嫌，真诚劝慰。

苏轼就是这样永葆赤子情怀、诗人本色。纵观苏轼一生，真是无时不可诗，无处不可诗，无事不可诗——即使明知"平生文字为吾累"，甫一出狱，又一口气作诗两篇，虽是世间少有匹敌的高才使然，但诗言志，歌咏情，也是他光明磊落、坦荡无邪的胸怀使然。这样的心胸让他遍历荆棘，仍旧光风霁月；饱尝辛酸，依然浩气长存，也铸就了他动人的人格力量。

所以不幸的人啊！切勿过于怨叹，人类中最优秀的和你们同在。汲取他们的勇气做我们的养料吧；倘使我们太弱，就把我们的头枕在他们的膝上休息一会儿吧。他们会安慰我们。在这些神圣的心灵中，有一股清明的力和强烈的慈爱，像激流一般飞涌出来。甚至无须探询他们的作品或倾听他们的声音，就在他们的眼里、他们的行述里，即可看到生命从没像处于患难时的那么伟大，那么丰满，那么幸福。

——罗曼·罗兰《巨人传》

深陷囹圄的李一冰先生大概就是从苏轼那里获取了安慰，获得了养料，才能度过失去自由的牢中岁月。苏轼于我，于我们，也能给予“清明的力”。“回首向来萧瑟处，也无风雨也无晴。”“瘴海炎陬，去若清凉之地。”“九死南荒吾不恨，兹游奇绝冠平生。”诗人不幸诗家幸，正是这些作于黄州、惠州、儋州的文字，反复吟诵，便觉胸次间有了身处窘途的泰然，有了走出困境的勇气，有了俯视磨难的豪情！

幸有苏轼！幸有《苏东坡新传》！

2021. 5. 28

我们可能低估了孩子的阅读能力

——读《马文·柯林斯的教育之道》

作为老师，我深知阅读的重要性。作为家长，我自认为很重视孩子的阅读，也一直在引导孩子读书。但是，当我看到一间20世纪70年代的美国芝加哥贫民窟地区的教室里，一群五到十二岁的孩子在阅读莎士比亚、托尔斯泰、陀思妥耶夫斯基的时候，我被震撼了，并急切地反思自己在培养孩子阅读上的问题。

这间教室的老师是马文·柯林斯，一位美国黑人女教师。她创办的学校叫西区预备学校。她是美国家喻户晓的传奇教师。她的传奇主要在于她将一批批生活在贫穷、暴力、种族歧视的环境中并被认为"教不了""没有学习能力""抑郁"或"严重的行为障碍"的学生送进了高中。这些孩子后来又都考进了大学，成为老师、律师、医生等等，彻底走出了被认为只会堕入犯罪、吸毒、接受救济的命运。马文·柯林斯的故事传遍美国，她被公认为是美国最重要的教育家之一。曾被两任总统邀请，但都拒绝出任美国教育部部长，而继续坚持自己的教育事业。

我细细阅读了讲述她的成长和教育故事的书——《马文·柯林斯的教育之道》，不管是作为老师还是家长，都获得了很多启迪。马文·柯林斯对阅读的重视和她培养出学生高超的阅读能力的内容尤其引发我的思考。

我在想，我在给孩子增加阅读难度方面是否过于谨慎。当然，我知道，阅读能力的培养是一个循序渐进的过程，就像马文·柯林斯在培养学生阅读时，也是先从教学生拼读单词开始，在学生逐渐掌握英语单词的拼读规则的过程中，不断引进各种阅读材料，从绘本到寓言故事再到文学名著。但是，当看到她给三四五年级的学生选的课外阅读书和他们在学校阅读讨论的书的书名时，我被震惊到了：《屠场》《傲慢与偏见》《欧亨利短篇小说精选》《神秘岛》《春天在这里》《四年级的无聊事》《蝇王》《一九八四》《厄舍古屋的倒塌》《远大前程》《白鲸》《罪与罚》《卡拉马佐夫兄弟》《双城记》《简爱》《变形记》（奥维德），《麦克白》等莎士比亚戏剧，《费加罗的婚礼》《胡桃夹子》等歌剧作品。

从书名来看，有些书应该是儿童读物或校园故事，但很多书已经是世界经典文学作品了。更有甚者，像《罪与罚》与《卡拉马佐夫兄弟》这样的书都是我这个科班出身的人读不下去的书。

反观孩子三四五年级读的书，主要还是儿童读物、校园文学之类。也就是说，当我的孩子还在听《米小圈》、读《马小跳》的时候，马文·柯林斯的学生已经在作文中引用莎士比亚的台词了。

“慢慢来，成长有一个过程，不能拔苗助长……”这是我的自我安慰。但看看马文·柯林斯怎么说：

> 那些伟大的作品就是他们最伟大的老师。虽然有些

> 评论家声称小孩子很难读懂经典作品——比如，十一岁的孩子不可能理解《卡拉马佐夫兄弟》那样复杂的作品——而我发现，伟大的文学作品不仅仅教学生阅读，还让他们变得更加求知若渴。这些作品对于学生而言可能超出他们头脑所能理解的范围，但这正是阅读的目的所在。我们阅读，是拓展思想、求知、付出努力、怀疑，然后再次阅读。我们和他人讨论书中的思想，然后融会贯通，调整自己的思想。伟大的作品之所以是伟大的老师，还因为这些作品需要读者集中注意力。而二流的文学作品中平淡无奇的内容只会让学生永远地讨厌阅读。

读到这一段的时候，我急火攻心，恨不得赶紧把孩子从学校抓回来，让她赶紧把刚开了个头就扔下几个月的《三国演义》读完，然后再赶紧让她读更多的名著，把浪费的时间补回来！

急归急，急过了还是得冷静下来思考：小学三四年级、四五年级的孩子是否真的能读那些名著？换句话说，就是他们是否具有读下去、读完一本似乎高于他们的水平的图书的能力。这一点，马文·柯林斯已经证实了。我的孩子的一些阅读实践也证明不是不可以。记得五年级上学期的时候带她去国家大剧院看了《四世同堂》的话剧。这是第一次带她去看“大人”的剧，以前都是去儿童剧院看儿童剧，我很兴奋，她也很兴奋，不住地问我好看吗。她能不能看懂，我心里是有一点儿担忧的，怕她看不进去。但还是告诉她没问题。三个小时的剧看完后，一家人总有一点儿意犹未尽的感觉。爸爸感叹：总觉得故事的哪些部分展现得不充分。孩子也附和。唯一看过原著的我最有发言权，我说："当然了，几百万字的长篇小说，三个小时就演完了，肯定要剪裁压缩。你们觉得不尽兴，就去读原著呗。原著比剧好看多了。"晚上回到家已经十一二点了，催着孩子赶紧睡。第二天一早，她突然从床上爬起来，睡眼惺忪，口齿不清地跟我说："我要看《四世同堂》。"我第一次没听清她说什么，又问一遍："你要看什么？""《四世同堂》。"她嗓子沙哑着说。我又惊又喜，赶忙说："好啊好啊，妈给你找去！"当天就开始看。我对她说："你可真厉害啊！这可是高中学生的必读书目，你一个小学生就开始看了！"她特别得意。我又忍不住问她："你觉得难吗？读得进去吗？"她笑笑说："我觉得还好吧。"看她没有要放弃的样子，我又顺势鼓励了一下："人家说了，当你看一本比较难的书的时候，只要硬着头皮读过了前三十页，就可以顺利地读下去了（不知道从哪里看到的，具体数字也记不清了，临时瞎编了一下）。你试试！"她的注意力已经在书上了，对我说的话，似答应非答应地回应了一下。就这样，两个星期多一点儿，她读完了《四世同堂》。这次阅读经历也增强了她的自信。刚刚读完《四世同堂》就问我，高中生还读什么书，她也能读。我想了想，就说那你读《老人与海》吧，结果，她也读了。

进一步追问：这些书小学生能读懂吗？从马文·柯林斯的学生来看，他们在学校的日常交流谈话中，会经常用到他们读过的书中的句子。他们写的作文中也能引用或者发挥读到的东西。还有在他们的阅读讨论活动中，通过马文·柯林斯老师苏格拉底式的提问，学生也能层层深入地理解书的内容和思想。何况，好读书不求甚解，我们也不能要求一个小学生对一本名著的理解多么透彻、多么深刻。就像马文·柯林斯有一次做的，她把《白鲸》发给一个“已经十二岁却只有三年级阅读水平”的学生。对她来说，两周后西奥多只要能告诉她，那本书是关于一条鱼的，就足够了。出乎意料，最后他告诉她，莫比迪克是一条白色的、吃人的大鲸鱼。

从我孩子来看，她读完《四世同堂》后，最先和我讲起的是“共和面”——北京沦陷后，日本侵略者给北京人提供的“特制”食品。她半开玩笑半认真地问我，如果我们没有粮食吃了，是不是就得吃共和面。我问《四世同堂》里面她最尊敬的人是谁，她说是钱默吟。我问为什么，她说那么一个文弱的人被逼得去抗日，真是太惨了，也太厉害了。我很难说她没读懂《四世同堂》。读《老人与海》，她也记住了“一个人可以被消灭，但不可以被打败”。如果我能像马文·柯林斯那样对孩子稍加提问、引导，孩子一定会有更多的理解、思考和认识。可惜，因为我的懒惰，没有抓住这个良好的契机进一步引导她去阅读更多的书，而是任其又回到了简单轻松的阅读中。那就是本来开了个头的《三国演义》阅读，没有我的鼓励、督促，她读了几章就扔下了，转而去看一个系列漫画书《赛雷漫画历史故事集》。

这样的漫画书或者其他轻松一点儿的读物也不是不能读。但是，如果她只是一味地读这些等于或低于她的阅读水平的书的话，她的阅读能力肯定是得不到提高的。

一直以来，我们的教育可能真的低估了孩子的阅读潜力。从网上发布的各种权威机构推荐书单来看，很多书目和马文·柯林斯让学生读的比起来，真的太“小学”。而学校教学因为各种规定，又不能拿出时间来让孩子们阅读。语文教材上的那些篇目，每天反复咀嚼，实在满足不了孩子们应该得到更多、更高的阅读营养的需求。

马文·柯林斯的做法值得学习。她的学生的阅读能力是从语音拼读的胚芽阶段一点点进化而成的（这和我们的拼音、识字教学是有相似之处的）。她先教孩子们掌握发音规律（这对我们的英语教学有启示），强化语音拼读，特别重视让孩子们大声地朗读。当孩子们掌握了拼读之后，就不断地给他们各种读本，激励他们去阅读适合或超越他们年龄水平的读本。除了课堂学习外，要求每隔一周，孩子们必须看完一本课外读物，并做好阅读报告。在学校还开展“阅读时段”活动——午餐后四十五分钟的自由阅读时间，让他们接触各种故事、主题和作者，涉猎范围十分广泛。孩子们默读完之后，和孩子们一起探讨他们各自读的东西。在这个过程中不断地鼓励、激发学生大胆地发言，大胆地思考。“我们一段一段地一起阅读，并常常细细品读每一行，讨论其中的思想，追踪人物、情节、故事的进展。他们所读的文学作品已经融入了他们的血液里。”

从书中，能感受到马文·柯林斯极大的教育热情，对学生的关爱、尊重、激励、严格要求。教育从来都不是一件容易的事情，所谓的“奇迹”，背后是一位老师从物质到精神的极大的付出。在培养孩子阅读方面，在读了《马文·柯林斯的教育之道》后，我也似乎应该做得更多——相信孩子可以读更好的书，给孩子更多好书。

2021. 6. 10

这才是“语文人”

——《跟着农历走一年》读后

第二遍读邓虹老师的《跟着农历走一年——校园二十四节气纪实》了，还是被它的知识性、趣味性、文学性、文化性深深吸引着。

和邓老师的工作单位北京师范大学附属中学有着短暂却难忘的缘分。大四开学不久，就和一位姓马的女同学被分配到师大附中实习。学校位于宣武区（当时还未并入西城区），离北师大很远。实习的第一天就体会到了在北京通勤的辛苦。早上五六点钟就从学校出发，先坐公交车到积水潭地铁站，再乘 2 号线到和平门地铁站，出来步行十分钟，才到达目的地。时已立秋，从学校出来的时候，还觉得凉飕飕的，经过一个多小时的折腾，头上已是汗涔涔的了。

我们被分在高一年级实习，指导我的是高超老师。马同学的指导老师就是邓虹老师。实习期间和邓老师接触不多。印象最深的是邓老师的背影。课间的楼道里，偶尔能看见一位中等身材的女老师。长长的直发披在背上，走路飞快。一转眼，飘动的长发就从眼前消失了。那就是邓虹老师。听同学说，她是我们师大毕业的大师姐，附中的语文教研室主任，很厉害。

实习期间，除了跟班、听课以外，我们还要准备一节课。当时已经确定保研的我对实习不是很重视，对要上的课也没有特别用心地准备。记得上的是一节作文讲评课，我找了两篇学生习作，从题目到内容一顿狠批。听课的除了高老师，还有邓虹老师。我在讲台上自我感觉意气风发，偶尔扫一眼老师，也看不出他们有什么表情。评课时，两位老师说了什么已经忘了，只隐约记得好像说我：这大学生就是敢说、泼辣。马同学的课受到了两位老师的肯定，说她上得很扎实。

一个月的实习很快就结束了。事后回想起来，觉得自己很傻。如果知道自己三年后没有走上希望中的搞学术的道路，回过头来还是站在了中学教学的讲台上，当时就应该好好珍惜附中实习的时光，多向高老师请教，多听听邓老师的课。

再次见到邓老师，是在北京市的一个高中语文教学培训会上。邓老师作为嘉宾发言。坐在台下的我，远远地看见邓老师，还是长长的头发，只是脸看起来有些瘦削。听同行说，她已经退休了。此时的我，业已从教十年，不由得感慨时间过得太快了。

真正认识邓老师，是读她的这本书。

二十四个节气，二十四篇散文，是对自然世界的忠实记录，是对精神世界的淋漓表达，是对文学教育的深层思考，是对校园文化的深切体悟。这一切的背后，是一位有着坚毅的力量、高雅的情趣、诗意的心灵、深厚的学养和崇高的情怀的语文人。

震撼于阿来的“不能忍受对自己置身的环境一无所知”，从散文家苇岸未竟之作《一九九八：二十四节气》得到灵感，决心用一年的时间，完整地观察并记录附中校园的二十四节气，便是这本书的由来。

一年四个季节，一季六个节气，每十五天一个节气，似乎不多。如果这些节气都是正常上班日，观察起来似也不难。事实是，2015年一年的好多个节气日和假期重合，或者正赶上邓老师在外地出差，或者国外归来还没倒时差。要一个节气不落，就需要克服很多的困难，需要很大的勇气了。“它要求我寒暑不避，风雨无阻。”“选择清晨六点半到八点半，校园内外固定的十多个观察点，严格按照半月一拍的固定节奏，一以贯之坚持下来并非易事……”实在是佩服邓老师的毅力！也正是有了这样的坚持，才能走完整整一个农历年，才会有这本虽然纸张不厚，但是内容厚重的书啊！

读这本书，仿佛跟着邓老师一起漫游二十四节气，漫游附中校园。邓老师像一位文艺女神，还是那一头长长的秀发，脚步轻盈地走在前面，为读者带路。从立春的清晨开始，走过琉璃厂古香古色的天桥，走过南新华街寂静的道路，走进附中静悄悄的校园，看“春日的朝晖尽情亲吻着每一幢教学楼、每一处树木、每一个杰出附中人雕像……”，就这样，跟着二十四节气歌的节奏，“春雨惊春清谷天，夏满芒夏暑相连。秋处露秋寒霜降，冬雪雪冬小大寒”，邓老师用细微的观察，精确而又生动地呈现了节气变迁带来的校园风物或微妙、或明显的变化。

每一篇文字，都包含了丰富的关于节气、物候、生物等方面的知识。再加上信手拈来的中外诗歌，大量引用的古今文献，都让人感受到邓老师学识的广博、积淀的深厚。

透过生动流畅的文字，还能看到一个有趣的灵魂。

小暑突遇槐花雨，邓老师高兴得像个孩子：

一百多株高大浓密的行道树啊，淡黄细白的小花珠缀满枝头，远看像小茉莉，飘落在地上像小豆蔻，清丽而淡雅，无香而有韵。由南往北望过去，两条长长的细碎花瓣路从虎坊桥口一直平铺向和平门！庆幸自己与如此美妙的清晨相遇，感觉自己突然回到了童年时代，竟然高兴得像一个孩子，情不自禁展开双臂将国槐树一株一株抚摸过去，得遇微风，赶紧站立树下，仰头摊开手掌，默念“唯我在此，唯独我在此，花落下”——哈哈，真的不断有米黄青绿的细小花瓣飘落掌心！

小雪节气，又出现了同样有趣的一幕：

看着漫天飞舞的玉屑琼花，环顾这静谧无人的校园，我激动得不能自已，扔掉手中的雨伞，伸展双臂站在紫藤萝架前，高声喊道：“唯我在此，唯独我在此，雪落下！”小林一茶的俳句刚一出口，额头上，鼻子尖，嘴巴里，脖领中，手掌心，无数冰凉的晶粒，在碰触，在融化，在刺激……多少日子的期盼与憧憬在这一刻得到了大满足，大尽兴……

雨水之日逢初一，戴月轩买几支羊毫小楷，汲古阁寻几张古拙拓片，华夏书画社买一刀宣纸，萃文阁选两方芙蓉石请高级篆刻师刻上阴文大篆。

特意从琉璃厂买来美丽的花笺纸，手写唐诗宋词中咏雪的精妙诗句，做成一张张精美的诗词花笺，作为“小雪之礼”赠送给学生。

真是风雅极了！

如此热爱自然、充满情趣的灵魂，才会设计出那么多“随节而思”的充满文学和文化趣味的课堂吧。

清明时节，和学生相约校园的山桃树下，完成“花语诗心——校园花树下读诗”一课。“我给孩子们讲佛祖‘拈花一笑’之择，讲耶稣‘所罗门极荣华之时，还不如百合花之一朵’之议，讲孔子‘莫春浴乎沂，风舞乎雩，咏而归’之志。我们一起诵读品味李白的《山中问答》、杜甫的《江畔独步寻花》、王维的《辛夷坞》、席慕蓉的《一棵开花的树》、威廉·布莱克的《一花一天国》、普希金的《小花》、赵丽宏的《心灵是一棵会开花的树》。一阵风过，山桃花瓣粉纷纷扬扬，飘落在我们的头上、身上、诗页上，从天而降的浪漫霎时间摄住了我们每个人的心。”

白露之日，“我们去在水一方追寻那白露时节的东方伊人，我们去‘茫茫水域中唯一的陆地’欣赏那深邃而迷人的西方梦幻。从中国古典诗歌到西方现代派诗歌，我们读诗、品诗、析诗，愉快地徜徉在文学的美景中”。

没有雪飘的大雪节气，“我把我的孩儿们带到了中国古代文化研修室——附中的杏坛，上了一节题为‘雪语诗心’的活动课。……以庄子《知北游》中的‘疏瀹而心，澡雪而精神’为核心，重点安排‘习吾雪文化’和‘养吾雪精神’两部分学习内容”。“整节课，杏坛里都萦绕着幽雅的古琴曲《梅花三弄》，PPT 背景始终滚动放映着水墨古画……大雪无雪，天空阴霾。然而我们在古代文化研修室里，触摸到了千年冰雪，那片洁净的世界，是为无憾。”

语文学习可以如此浪漫！这才是我心目中的文学课堂啊！

我们向往诗和远方，平日埋头工作学习，就是为了假日短暂地奔向他乡，寻找诗意。可是细数起来，我们在日常环境里待的时间占据了生命的绝大部分。为什么不能让这绝大部分的时间也饱有诗意、充满审美呢？

语文老师有着天然的优势，完全可以让自己的工作和学生的学习不那么功利，不那么枯燥，不那么乏味。因为语文学习的重要内容——文学和自然本来就是密不可分的。文学的鉴赏和创作离不开对大自然的关照和体认。谁说教学一定要在教室里才能发生？谁说语文教学就一定要跟着教材亦步亦趋？邓老师带着学生山桃花下吟诗，不是最美的教育行为吗？邓老师“随节而思”的教学设计不是最有创造性的语文教学吗？语文人完全可以把语文课堂搬到校园，搬进大自然。

记得三月份的一次《红楼梦》阅读课上，我让学生集中阅读了《红楼梦》中写大观园起诗社的几个章回的文字后，对大家说：“走，今天咱们也去逛园子，起诗社，来个博唐亭雅集！”学生们欣喜不已。很快就分好小组结好社，还模仿《红楼梦》起了社名。然后我们一行四十人沿着协和湖，迤逦前行。大有杜甫笔下“三月三日天气新，长安水边多丽人”的架势。不过，我们可不是外表光鲜的“丽人”，而是饱读诗书的学子。学生们像朱光潜先生说的：“慢慢走，欣赏啊！”旖旎的协和湖春光荡漾着青春学子的心怀，激发着他们创作的灵感。有的“奇文共欣赏，疑义相与析”，热烈地讨论个不停。有的抓耳挠腮，苦思冥想，像极了“推敲”不定的苦吟诗人贾岛。最后，一群人齐集博唐亭下，分享诗作。一个平时对语文学习兴致不是很高的男生欢快异常，他大声朗诵自己的作品："远望水面漾微波，近看枯柳长黄蘑。沁人心脾神气爽，良辰美景好快活。"虽然直白，却也是真情流露，赢得一片叫好声。还有同学一连写了两首："风光旖旎春水旁，潞园香径同徜徉。三五成群自结伴，便引诗情慨而慷。""花气袭人人自醉，墨香浸纸纸翻飞。今日幸而得闲空，诗社学成咏而归。"自然地化用了"小园香径独徘徊""花气袭人知昼暖"等诗句，称得上学以致用。特别是最后的"咏而归"，此情此景，真是恰切。课后，几个女同学成了"痴香菱"，一连几天还在一遍遍地写诗、改诗给我看。学生们认真的样子真让人欢喜！

这样的课堂，和邓老师的"随节而思"也有相通之处吧。可惜，我没有勇气和能力多打造几节突破常规的让学生身心受益的文学课堂来。也缺乏邓老师的执着，远没有她学养的深厚。虽也深感潞园节气变化之美妙，深爱潞园草木生长之繁盛，深知潞园文化底蕴之深厚，也尝试着以"潞园风物记"为题，写了一些小文章，试图训练自己仔细地观察、精确地表达、深刻地思考的能力，但终究有心有余而力不足之感，不能写出像邓老师那样文质兼美的作品来。

读邓虹老师的书，让我认识了一位真的"语文人"——有知识，有情趣，有情怀，也多少弥补了一些当年没有认真求教的遗憾。从此，心里有了文学课堂的标杆，有了"语文人"的模范。在成为真正的语文人的道路上，我将继续前行。

2021. 7. 5

方　言

之前有一部很火的电视剧《装台》，是根据陕西作家陈彦的同名小说改编的。同事热烈地向我推荐："快去看看吧，演你们陕西的！"一直没有工夫看。近日得闲，翻出师父送我的陈彦的另一部著作《主角》。这部长篇小说，也是以陕西的风土人情为背景的。语言陕味十足，读来好不过瘾！

我几乎不是用眼睛看，而是一会儿在心里读，一会儿出声读。特别是人物语言，我用家乡话模仿一遍，活生生的老乡就站在了我的眼前。

> "这是啥？这是啥？看你还能背着牛头不认赃？""油里没你，盐里没你，也不知你逞的啥能，要得罪那么多人。你信不，你这臭毛病要是不改，总有一日，还要挨黑砖哩。你以为你能，你就是个挨了棍子不记打的蠢王八。"

好一个刀子嘴的胡彩香！她骂人的话我学一遍，也顿觉解气！如果换成普通话："你背着牛头不认赃"，"你逞啥能"，这哪是县秦腔剧团的台柱子说话，一点儿气势和威风都没有了。

一地的方言代表着一地的文化，一地的方言透着这一地人的精气神。

陕西八百里秦川，以西安为界，分为西府和东府。“在西府，民性敦厚，说话多用去声，一律咬字沉重，对话如吵架一样……”这是同为陕西人的贾平凹先生在他的散文名篇《秦腔》中对陕西话的评述。陕西民间对陕西人的评价更传神，叫“陕西冷娃”，说起话来“生”“顶”“冷”“噌”。这四个词，大概只有老陕才可意会。勉强释义的话：“生”就是硬生生的，不柔软，不柔和。“冷”，就是说话不带感情，也不大带表情。“顶”有顶嘴的意思，说话的时候撑起架势，怼着说。“噌”有斥责的意思，“这娃噌得狠”，就是说话冲得狠，好像要跟人吵架。四个词，把陕西人有啥说啥，直来直去，不会细声逢迎，不会柔声献媚的特点，概括尽矣！用陕西话说，这就叫：声大腔亮！干巴硬正！——有干干脆脆、堂堂正正之意。这样的陕西人，“板凳不坐蹲起来”，大老碗吃着“宽得像腰带”的 biǎng biǎng 面，豪放粗犷中又透着憨厚和朴实。

说话直截了当，不代表不懂幽默。陕西方言中有很多风趣的俗语、俚语。“一瓶子不响，半瓶子晃当”（说人不谦虚）、“牛皮不是吹的，火车不是推的”（劝人不要说大话）、“脱裤子放屁——多此一举”、“驴粪蛋蛋——表面光”、“癞蛤蟆跳门槛——既蹾尻子又伤脸”、“飞机上挂电壶——高水平（瓶）”……通俗形象，让人忍俊不禁。熟人之间谝闲传，开玩笑的时候也是妙语迭出，并非一成不变的又冷又硬。

“秦腔不唱吼起来”，人们熟知秦腔的粗犷，其实秦腔中还有一种“碗碗腔”，就细腻柔婉了很多。这也是陕西人粗中有细、刚中有柔的体现。反映在方言口语中，就是有大量的叠词。比如“瓶瓶”（瓶子）、“盖盖”（盖子）、“缸缸”（水杯）、“布布”（小块碎布）、“带带”（带子）、“盒盒”（盒子）、“虫虫”（小虫子）、“草草”（小草）……乍一看，像咿呀学语的孩童说的小儿语，其实这都是正常的大人话。“咪咪猫，上高窑，金蹄蹄，银爪爪，上树树，逮鸟鸟，扑喽喽，飞走了……”这是我小时候常常挂在嘴边的歌谣。童谣中的“蹄蹄”“爪爪”“鸟鸟”也是大人的日常口语。这些小儿语一样的词汇，从一个大人嘴里说出来，是不是有几分娇柔和可爱呢？

“十里不同音，百里不同俗。”我这里说的陕西，主要指关中一带。陕北和陕南，其方言土语又是一番气象。在我们的国土上，每一个省，每一个地区，每一个县，每一个镇，甚至每一个村庄，都有着极其丰富的方言土语的宝藏。这些从“一方水土”里生长出来的语言，塑造了“一方人”的思维、气质和秉性。这就是我们经常从某个人说话的口音中去辨别他是哪里人，进而再习惯性地给他贴上地域标签的缘故吧。

无论你走到多远，不管你是说普通话还是外国语、方言，都是你忘不掉的乡音，割不断的乡愁。

时常有种感觉，说普通话和说方言的我，是两个人。说普通话的我是中年人，说方言的我是少年郎。说普通话的我是老师，是母亲，肩负着太多的责任和义务，说方言的我是女儿，是妹妹，可以撒娇，可以任性，可以享受被关心、被呵护的幸福。独在异乡为异客时，思念故乡，不仅思念故乡的山水亲人，还思念那听着、说着长大的家乡话吧？走在北京的大街上，总能在嘈杂的人声中，一耳辨出有人在说陕西话，心里就觉得亲切。有一年在西澳首府珀斯人烟稀少的街边公园转悠，看见一对中国老夫妇推着婴儿车。跨越半个地球，看见同胞就很兴奋了，突然又听见他们说的是陕西话，简直要激动得“两眼泪汪汪了”！后来，路经悉尼大学，看见大学门口的一家商铺赫然挂着“肉夹馍”的招牌，心说：“老乡太牛了，陕西饭馆都开到南半球了！”自豪之情油然而生。

人说乡音难改，恰恰是这难改的乡音的一点儿余韵说起普通话来更有辨识度，更有味道。

至今记得上大学时教我们文艺理论的老师朗诵叶芝的诗《当你老了》的声音——磁性中带着一点儿江浙一带的温婉，和这首诗要表达的情感相得益彰。教授东方文学的老师是一口山东味的普通话，咬字重，说话铿锵有力。每每说起他宏伟的著书计划的时候，激情澎湃，很有感染力。口音最浓郁的当属儿童文学课的老师。课上了有一段时间了，我们愣是听不清老师说的是什么。只听见每一句话都充满了 ra、ra 的音。后来听习惯了，不仅能听懂他的话，还觉得老师的口音配上有关儿童文学的内容，显得很可爱呢！二十年过去了，老师们的南腔北调，音犹在耳。很难想象，如果上课的老师全是清一色的标准的普通话，我还会不会有如此深刻的记忆。讲贾平凹的《秦腔》的时候，我情不自禁地用陕西话给学生朗读了一段：

> 广漠旷远的八百里秦川，只有这秦腔，也只能有这秦腔，八百里秦川的劳作农民只有也只能有这秦腔使他们喜怒哀乐。秦人自古是大苦大乐之民众，他们的家乡

交响乐除了大喊大叫的秦腔还能有别的吗？

读这样的文字，只有用秦声，也只能用这秦声来读了吧！学生报以热烈的掌声。

曾经一度，方言代表着农村，普通话代表着城市。方言体现着落后，普通话体现着文明。每一个从小说方言的人，从乡村到城市，或多或少都经历过学说普通话的尴尬吧。城里人笑你口音太重，村里人又笑你装腔作势。一时难去的口音让你自卑，说惯了普通话一时变不过味儿来，也让你在乡党面前脸红。现在，在普通话和方言之间切换自如的我，再不以自己带点儿陕西口音的普通话而不好意思。相反，我还为我的孩子不会说陕西话有点儿遗憾呢。

全民推广普通话的重大意义、重大作用怎么强调都不过分。会一门方言，了解一些其他地方的方言，也是很有意义的。

很多方言的表达准确、传神，有着很强的表现力，是普通话中的语词难以媲美的。普通话说“吃”，陕西话中有一个“咥”，音“叠”，表现的是一种狼吞虎咽、大快朵颐的样子。普通话说“很好”“美极了”，陕西方言说“嫽扎咧”。三个字一出口，声情并茂，夸赞、满足之意尽在其中。是土语吗？陕西方言并不都是土语，有很多是从古汉语而来。“履虎尾，不咥人，亨。”这是《易经》中的卦辞。意思是：跟随在老虎后面，老虎不吃人，亨通。《诗经》中有“月出皎兮，佼人嫽兮”的诗句。正如鲁迅先生所说：“方言土语，很有些意味深长的话。”细细品来，也是很有趣的。

在家里，我们一个陕西人，一个湖北人，有时候用彼此的家乡话调侃对方，也是一种乐趣。我拿腔拿调地说："好——油——洒——哦——"（大概是"潇洒"的意思。）孩儿她爹笑倒。

我们常说，越是民族的，越是世界的。是不是也可以说，越是地方的，越是全国的呢？如果不用北京话写作，不会有老舍先生的京味小说；不用陕西话写作，不会有贾平凹、陈忠实、路遥等一批陕派作家；不懂武汉话，不会有池莉的《烦恼人生》；不会上海话，不会有王安忆的《长恨歌》……不得不说，各地方言丰富了中国文学语言的宝库。

《主角》，写人演戏，写戏中人。在我看来，那充满秦腔秦韵的陕西方言才是真正的"主角"，哪一个人物不是靠着它活起来、立起来的呢？

我且慢慢享用这方言的盛宴吧，也可一慰乡愁！

2021. 7. 7

见字如面

——《查令十字街 84 号》读后

最近读了一本小书《查令十字街 84 号》，说是小说，也可以说是一本书信集。故事很简单：海莲是个穷困潦倒的美国女作家，但嗜书如命。因为不堪忍受纽约昂贵、庸俗的新版本书，按照报纸广告推荐，写信到大洋彼岸的马克斯与科恩书店，希望购买绝版旧书，很快获得回音：对方找到了她想要的书，还很细心地随信附上了英版和美版发票，并把找零附上。

从此，海莲就和书店经理弗兰克、店员等人开始了长达二十多年的书信往来。从一封封信中，能感受到人物鲜明的个性和他们之间真挚的情感。海莲的直爽、率真、风趣、幽默，弗兰克的绅士、严谨、细致、周到，他们之间的信任与欣赏，海莲和书店员工以及弗兰克一家投桃报李的互助与关怀，都让人感到温暖。

在这里，我看到了书信的力量——它可以跨越重洋，拉近心与心的距离。我也不禁回想起那已逝的遥远的书信往来的年代。

小时候，哥哥姐姐比我大，很早就离开家去外地读书、工作。我经常会替母亲给他们写信。母亲告诉我要写些什么，我写出来再读给母亲，她听了没有问题，就去邮局投递出去。那时候，每次收到姐姐的回信，我读给母亲听，母亲都会边听边流泪。因为姐姐的工作单位远在秦岭之南，母亲一念及此，就会想姐姐孤身一人，在那么老远的地方，不知道过得怎么样。信里，姐姐汇报自己的生活、工作都挺好的，让母亲不要担心。母亲边擦眼泪，边说："好着就好，好着就好……"稍稍放下心来。书信，安慰了一颗母亲牵挂儿女的心。

长大后，我也离开家，去北京上学，和家人的联系也靠书信。每个月都会写几封信，一封寄给家里，一封寄给哥哥，一封寄给姐姐。信里没有什么重要的大事，也就是告知一些最近发生的小事。家人的信也很平常，都是鼓励我好好学习，注意身体之类的。但是，看着父亲、哥哥、姐姐的笔迹，如见其人，如闻其声。书信，深深地慰藉了一颗游子思乡的心。

还和异地求学的高中同学书信来往。高中时期，有两个最好的朋友。她们，一个在四川大学，一个在西北农林大学，我们互相分享自己的大学生活。她随信给我寄来美丽的川大校园的照片，她给我寄来自己英姿飒爽的军训照片……书信，延续着我们纯真的友情。

收信的日子就像节日一样让人开心。大学宿舍，收到信的人喜笑颜开，没有信的人"哀号"一片，"悲伤"地唱起改编版的张信哲的歌："好久没有我的信，好久没有人和我谈心……"

后来有了手机，短信、电话成了主要的联系方式。及至现在，微信、视频电话一统社交江湖。书信早已退出了人们的生活。

视频电话曾是小时候我们幻想过的事物。母亲思念姐姐的时候，我们一边安慰她，一边想象，要是有个能像电视机那样的电话机该多好，能听见声，还能看到人。没想到短短几十年，幻想就变成了现实。离家万里，经常会和家人视频聊天，确实方便。

但是，快捷的联系方式和书信比起来，似乎还是少了点儿什么。少了什么呢？少了写信时情感的自然流露，少了等信时内心的焦灼不安，少了收到信时的喜悦欢快……书信往来是慢，太慢！但情感就是在这慢中，积聚着，沉淀着，发酵着……就像那陈年的老酒，越久越醇香。

想起木心的那首诗：

从前的日色变得慢
车、马、邮件都慢
一生只够爱一个人

书信，在悠悠岁月的长河中，承载了多少深情。“烽火连三月，家书抵万金。”书信，让劫后余生的诗人如获至宝。“乡书何处达？归雁洛阳边。”书信，是羁旅在外的游子对家的惦念。“云中谁寄锦书来？雁字回时，月满西楼。”书信，是闺中思妇“才下眉头，却上心头”的等待。《报任安书》凝结着司马迁的血泪和屈辱，《与朱元思书》中有最奇的山、最美的水，《与妻书》里有对妻子最深沉的爱恋……这些用生命、用真情写就的书信，重如泰山，永不会湮灭。

和这样的书信相比，我们的微信，真的是太“微”了。除了迅速传递信息的功能，“载不动”太多的情意。即便是那一条又一条的讯息，也刹那间就会被淹没在信息的海洋。更有甚者，在微信时代，文字都懒得敲了，各种符号、表情包代替了文字的书写。汉字的意义都被消解了，还何谈深刻地传情达意?

此生最大的遗憾，就是没有保存好那些书信。在历次的搬家中，一沓沓厚厚的书信，遗失殆尽。当时，喜欢集邮，信封上的邮票都撕了下来，阴差阳错地一直保存到现在。偶尔翻出那些已经发黄的邮票，睹“票”思“信”，还能回想起那段见字如面的岁月，甚是怀念。

小说也以遗憾结尾。直到弗兰克去世，海莲也没有去成英国。这样的结局也让那些书信更珍贵，也让见字如面的情感更动人。

2022. 3. 10

走进《冬牧场》

第一次接触李娟的作品，是为一节“新疆题材散文阅读专题”课搜集材料的时候。在网上搜到了她的部分作品，进而又买了她的散文集《阿勒泰的角落》。

当时教新疆学生，自然地对新疆题材作品有一种亲近感。读了李娟的文字，这种亲近感又深了一层。

李娟的书写就像一个邻家女孩儿在娓娓道来她家的家长里短。这是一个非常真诚的女孩儿，说起话来是那么坦然，不矜持，不造作，不夸张，也不掩饰。自自然然，大大方方，将你带进她在新疆阿勒泰哈萨克族聚居区的生活。同时，又因为她生活的地方是我很不熟悉的，所以她讲述的事情又是那么新鲜。自然的叙述中似乎带着某种魔力，吸引着你进入她的世界。

这是初读李娟的印象。

最近，又读了她的《冬牧场》。同样，既新鲜又亲切！

这一次，李娟将我们带到了一个异常遥远的地方，一个生活在信息时代的都市人从不会想到，也难以想象的地方——新疆北部乌伦古河南面广阔的荒野深处的冬窝子。

好吧，新疆本就大得难以想象。乌伦古河，因孤陋寡闻而前所未闻。又是广阔的荒野，更是难以定位。我就只记住了冬窝子——李娟和哈萨克牧民居麻一家过冬的地方。

> 我们的家陷入大地两米深，面积不到二十个平方。门朝东南方向，在西面还开了一面足球大小的天窗，蒙着一小块塑料布——采光还算不错。地窝子四壁整齐地砌着羊粪块。房间正中央的炉子是用大半个汽油桶改造的，容量很大，足够把房间烧热。尽管如此，离炉子不到一米远的地方，我挂在那里的洗脸毛巾总是冻得硬邦邦的。牙刷也总被冻在口杯里……

冬窝子外面，“在这样的大地上，没有高大的植物，没有坚硬的岩石，黄沙漫漫，一切袒露无余，无可遮蔽”。这就是冬窝子的内外环境了。

看《冬牧场》，仿佛在看荒野求生的纪录片。冬窝子里的生活就是一场人为了生存和老天爷的较量。冬窝子位于沙漠地带，唯一的水源来自雪。采雪成为他们最重要的活动。遇到了一个出奇大旱的冬天，好不容易下点儿雪，在沙丘的洼陷处和草根处积留点儿残雪，“收集半个小时化开后的水还不够洗一双袜子的”。“又由于是风吹来的，一路上和沙土、枯草和粪渣紧密团结在一起，化开后浑浊不堪，锅底总是沉积着一寸多厚的沙子、不忍细数的羊粪蛋，甚至还会出现马粪团这样的庞然大物。就算完全沉淀干净了，水的颜色也红黄可疑……”

还有抵抗寒冷。即使是有太阳的大白天，正午时分也会有零下三十度的时候。对没有经历过如此寒冷的人，数字是空洞的。

看看作者的描述吧，会有助于我们对寒冷的想象：

……赶羊回来的那一路上，脸颊冻得像被连抽了十几耳光一样疼，后脑勺更是疼得像被棍子猛击了一记。每天等羊完全入圈后回到温暖的地窝子里，脱掉厚外套，摘去帽子围巾，如剥去一层冰壳般舒畅。

还有其他诸如食物、放牧、交通等等方面的困难，都是让人唏嘘感叹的。除了物质上的艰难、劳动上的艰辛，还有独居荒野，与世隔绝的状态下精神上的孤独与寂寞。凡此种种，对一个从未经历过的人来说，冬窝子里的一切都让人惊异不已。但是，那里的人又是那么的亲切、温暖。

喝酒耍赖又踏实仔细、机智风趣的居麻，沉默严肃、勤劳隐忍又单纯大方的居麻嫂子，他们在共同抗击苦难的生活中，夫妻相处的日常，争执后的亲热，让人忍俊不禁。他们的女儿加玛苏鲁，早早辍学回家，成了家里的主要劳力，伤心又毫无怨言。在外，能代替父亲艰辛勇敢地放羊；在家，能和母亲一起勤劳细心地做家务。

“一年到头，这个姑娘能够在人群聚居地……停留的时间还不到半个月。其他日子全在沙漠戈壁、森林草野，青春只与牛羊为伴。”“虽然牧羊女多得是，但像加玛这样进冬窝子放羊的年轻姑娘太少见了。”

加玛在与人交往时是自卑和胆怯的，可在自己的家庭里，“是个自在、快乐又淘气的孩子，每天早上醒来，就赖进爸爸妈妈的热被窝撒娇，一点儿也不像十九岁的大姑娘。夫妻俩则享受一般地对待这种撒娇，无限宠溺之。但到了劳动时分，两口子就不客气了，非常严厉”。

每每读到这样的描写，心里总会涌上感动的潮水。

李娟如实地记录着这个家庭在冬牧场的喜怒哀乐愁，但她并不是一个旁观者，而是和居麻一家一起生活，休戚与共。冬窝子的种种是她实实在在经历着、感受着的，所以诉诸文字，真切可感。在情真意切的叙述之中，也有独属于作家的体验与思考。

面对承受着沉重的生活压力、身体健康受到严重威胁的牧民，李娟打心里同情他们，希望他们能够过上现代生活：

> 无论如何，生命需要保障，世人都需要平等地受用现代生活。一定要定居，羊群一定要停止下来。不只是牧人，连大地也承受不了了……

但是，面对下一代的孩子们脱离了牧人的生活，“和家庭，和传统生活、民族氛围隔绝开来”的现状，面对现代商业社会对牧人生活的冲击，作者的心里也是惆怅和矛盾的：

> 就算已经隐约看到了牧人和荒野的命运，已经隐隐有所了解了，仍张口结舌，着急又混乱。越是向大处摸索，却越是总为细小之物跌倒。更糟的是，越是想指出最残忍的一个事实，却越想转过身去，想谅解人心所向，尤其是想原谅自己……我真是一点儿用也没有……真恨自己的懦弱。但同样的，我又宁可忍受这懦弱之苦。

传统的消逝，总是让人纠结。我们希望未来更美好，又不忍过去的美好就此消失。李娟的苦恼也是每一个处在传统与现代夹缝中的人的苦恼吧。

“总是有人说，今年是羊群进入冬窝子的最后一年。那么，这些最后的情景正好让我遇见……我不认为这是我的幸运。”李娟如是说。但对读者而言，能读到这本书却是幸运的。它让坐在都市之井里的人们，看到了另外一片天，那天底下的荒野，荒野中的冬窝子，冬窝子里努力求生的牧人和羊群……这遥远天地间的生命不也是我们应该关心的吗?

读过一篇迟子建的散文《作家应像个杂货店主》。她说:“在我眼里，一个好的写作者，就像个杂货店主，无须大店面，无须高档货品，无须占据繁华街市，只管开在寻常百姓家、烟火稠密处。”这样的小杂货店，就是作家写作的源头活水。就像山东高密之于莫言，陕西关中白鹿原之于陈忠实，新疆阿勒泰地区的风土民情就是李娟的“杂货店”。李娟也确实拥有一间真正的杂货店。

但我想，对于写作者而言，不光要有这样的“杂货店”，杂货店主还需耐得住寂寞，坐得住板凳。李娟恰恰就是这样的杂货店主。她静静地守着自己的店铺，认真地过她的生活，认真地写她的文字。一如天山上的雪莲，守护着属于自己的一片净土。这净土之下，是无穷的宝藏。

2022. 3. 12

第四辑　且行且思

Qie Xing Qie Si

日本“初印象”

曾经在一段不算短的时间里，我和“日本”有着“剪不断，理还乱”的关系。大二时上东方文学史课，其中日本文学的前世今生“折磨”了我们整整一个学期。天照大神、《源氏物语》、松尾芭蕉、《好色一代男》、夏目漱石、三岛由纪夫……看呀看，背呀背，好不容易熬到期末。考试前，通宵达旦地复习了一个晚上，临上考场前还在纠结：会不会考“日本战后派”？被室友怒喝：“乌鸦嘴！”

虽然老师以严厉著称（号称中文系“四大名捕”之一），但还是被他澎湃的学术激情感染，大四时报考了老师的研究生。大四的寒假便学起了日语。为此，还斥“巨资”报了我平生唯一一个课外班——日语班（这次日本之行的事实证明学费基本白交了）。

如愿读研后不久，导师去日本访学一年，我和我的同门如同放羊，便跟着文学院另外一位研究日韩文学的老师去上他的日本文学原典阅读课。半上课，半聊天，倒也惬意。在这段没有导师“催命”的闲暇日子里，我经不住“利诱”，干起了“私活”——应一位博士师兄之邀，编辑一本关于日本文化的书。为此，从图书馆搬来一大摞关于日本历史、日本文化的书，现学现卖，连抄带改，几个月的时间，竟也弄出一部近三十万字的书来——这可是我的“处女作”啊！更为可喜的是后来正式出版后，获得了一笔在一个穷学生看来数目可观的稿费。

和日本人也有过短暂的交往。有一年暑假，和室友老牛给几个来中国游学的日本人做过一两个星期的家教。我的家教对象五十多岁，自称公务员，没有孩子（当时觉得这日本老头还挺时尚）。室友的家教对象是个小伙子，好像是松下的员工。我和室友请他们去学校附近的大众餐馆吃过一顿饭。吃饭时，老牛的家教对象用很不熟练的中文一再感慨：“中国好！能吃饱！”逗得我和老牛逢人便讲。后来，这个游学团又请我们这些家教老师去王府井一家星级饭店吃饭。那是我们第一次踏足那么高档的饭店，既兴奋又紧张。吃饭时，一大桌人，菜却点得极少。我和老牛都不敢动筷子。好不容易吃完饭，我俩饥肠辘辘地回了学校。一路走，一路抱怨：“今天可是体会到日本人吃不饱饭的感觉了！”

我的日本学生回国后，给我和老牛寄来了二十多本日语书——都是文库本的日本文学名著。还有两条小丝巾，一条上面绘制着樱花富士山，一条上面是取材于《源氏物语》的人物画像。我和老牛深感意外又深觉难为情。意外的是没想到这个日本人这么“有情有义”；难为情的是他在中国时，我们也没想过送他什么中国的礼物。我用雅虎邮箱发了封电子邮件，表达感谢之情。很长一段时间后，我差不多都要忘了他了，有一次偶然间打开邮箱看到他的问候邮件，称呼我王老师。我简单回复了一下。后来，随着雅虎邮箱走进历史，我也终于没再和这个日本老人有联系了。他送我的书依然保存在我的书架上。

这就是我和“日本”的一段缘分。因为这段缘分，十多年中，我经常想着什么时候一定要去一次日本。今年寒假，终于成行。临行前想起此前种种，颇多感慨。特别是想到一个从未踏上日本国土的人竟还编过关于日本的书，更觉汗颜：真是无知者无畏啊！

“纸上得来终觉浅，绝知此事要躬行。”带着从书本上学来的、已经遗忘得所剩无几的关于日本的碎片知识，我亲自感受体验了一把真实的日本。

对日本人的客气礼貌耳闻已久。此次身临其境，更觉名不虚传。经过三个多小时的飞行，到达东京成田机场后，便马不停蹄直奔位于台东区的浅草寺。在浅草寺上卫生间，便被清洁工大叔的礼貌“吓”了一跳。大概是他要去清扫卫生间，等着我们出来。看到我们出来了，为给我们带来的不便，满面笑容地一边说着道歉之类的话，一边深深地鞠躬。我短暂地不知所措后赶紧点头还礼，拉着孩子的手给他让出道来。

我们入住在墨田区的两国酒店。第二天因为是自由行，不着急，我们起床比较晚，赶在9:30酒店的自助早餐结束前去吃饭。正在用餐的时候，一位年轻的男服务员笑容可掬地来到我们的餐桌前，叽里咕噜地说了几句话。我赶紧打开手机翻译软件，示意他对着手机再说一遍。谁知关键时刻掉链子，网速太慢，翻译软件迟迟不能运转。我只好连蒙带猜，问他是不是让我们吃快一点儿，他连连摇头。我又猜是不是让我们再加点儿菜，因为快要撤盘了，他又连连摇头。在等待手机翻译和我连比画带猜的过程中，他半蹲在我们的餐桌旁。因为语言沟通的障碍，我着急，他也着急，我看得到他额头上的汗。最后，终于弄明白了，原来他是想告诉我们，早餐十点结束，让我们不要着急，慢慢吃。哦，原来如此！宾主皆大欢喜。

愉快地吃完早饭后去孩子心心念念的迪士尼。我们从酒店所在地的东京地铁两国站出发，中间换乘一次到达新木场站。在外甥女的手机导航下，一路顺利。可是在新木场站的售票机上购买JR线去往迪士尼所在地的舞滨站的车票时遇到了麻烦，点击了半天都找不到舞滨站的站名，无法购票。没有办法，只好求助。这时正好有两个年轻的妈妈带着孩子过来，我上前用蹩脚的日语、英语兼手机翻译软件，好不容易表达清楚我的意图。一位年轻妈妈在售票机上操作了半天，也没有成功。她们一边说着抱歉一边走开。我们又陷入不知所措的境地。不一会儿，没想到她们又回来了，告诉我们前面有售票机可以用。原来，她们不是离开，而是去给我们找JR线的售票机去了。她们带着我们来到售票机前，帮我们点击选好站名，示意我们投币买好了票，才在我们的一再道谢声中离开。我和表姐感慨了半天："真是帮人帮到底啊！""其实她们刚才真走了也没什么可说的啊！""就是！"想起有朋友从日本回来，说在日本问路的时候，日本人会一路领着你到你要去的地方。看来此言不虚！

到达迪士尼后，和孩子一起欢乐游玩的同时，也享受着迪士尼井然的秩序和热情的服务带来的舒适体验。表姐和外甥女单独去玩大孩子喜欢的惊险刺激的项目，我带孩子和认识的同龄小朋友及父母去玩小孩儿喜欢的项目。据表姐说，她们在游玩过程中，只要一停下来查迪士尼的地图，就有工作人员主动跑过来，详细地告诉她们：她们现在在什么地点，要去的地点在哪里，怎么怎么走，等等。

后面几天，也时时感受到日本人的彬彬有礼和善意。乘坐电梯，电梯里只有我和一位日本妈妈带着孩子。电梯到了，她出电梯前对我颔首说了一句表示歉意和感谢的话。我心想：你站在电梯门口，理应先下，有什么可道歉的呢？但是这种礼貌让从未有此“礼遇”的我很不习惯的同时也很受用。入住滨松市的滨名湖上的一座酒店时，和孩子穿着日式浴衣泡完温泉出来，在门口等表姐。一位负责浴室卫生的老太太看着我穿的浴衣说了几句话，我听不懂，心想是不是我穿得不对（之前导游有特别交代过浴衣的穿法）。说着她便伸手帮我理了理腰带，满意地点了点头，方才离去。还有旅游大巴的司机先生每到一站便站在车门口向一一下车的我们点头致意也让人印象深刻。

有人说，日本人的客气是假客气。七天的日本之行，和日本人接触的点点滴滴，非但没觉出有多“假”来，反而让我们一路舒畅。而且因为每天受到这种“假客气”的感染，我和表姐说，回去以后也要对人客气一些。

问孩子，你觉得日本的城市和中国的比最大的不同是什么？孩子不假思索地回答：日本的城市比中国的干净。确实，干净、安静和清静也是我们大人对日本的真切感受。

且不说奈良公园“呦呦鹿鸣，食野之苹”的可爱清幽，也不说京都祇园古街的浪漫安宁，更不说富士山湛蓝的天空下纯净的冰雪世界，就是走在高楼密布的现代化大都市东京的大街小巷也能感受到清爽和洁净。

我们走在日本的街道上，孩子吃完零食后的塑料袋想要扔掉。可是一路走，一路找，愣是看不见一个垃圾桶。好不容易瞅见一个细小的垃圾桶模样的铁桶，走到跟前一看，却是专供吸烟用的烟灰桶，根本扔不了垃圾。旁边站着一个正在吞云吐雾的外国人，看着我们手里的垃圾，笑着摇头说“No”——大概他也了然日本街道少有垃圾桶的事实。我们只好攥着垃圾继续一路寻寻觅觅，直到走回酒店。

日本的地铁里也似乎少有垃圾桶。我在地铁站顺手拿了一张报纸，翻了翻想要扔掉，一看没地方扔，只好带上地铁。到了换乘站，下来先找垃圾桶，还是没有。突然看见一个拎着扫帚和簸箕的老太太，赶紧穿过人流，挤到跟前把报纸连同一团面巾纸丢到簸箕里。没想到那个老太太迅速弯腰接过我手里的报纸，把它放在簸箕上面，嘴里咕哝着，大概是说报纸不能丢在那儿。从她的表情、语气和动作，我能感受到她的“不满”，这也是此次日本之行唯一一次感受到日本人的“不友好”。一路上，我在想，是不是因为日本人对垃圾分类特别严格，报纸是可以回收的，所以老太太才会有那样的举动。这样一想，对她的“不友好”便有点儿释然了，还对自己刚才的行为生出几分“真是丢人”的羞赧来。

据导游说，日本人出门都会带几条垃圾袋，来装这一天产生的垃圾，晚上把垃圾带回家再扔掉。回国后，偶然间看到一段高晓松讲日本人的视频。说他参加过富士山音乐节，几十万人的音乐节过后，地上不留一片垃圾，人们排几个小时的队把自己在音乐会上制造的垃圾扔进垃圾桶。还有日本人会特意把塑料瓶盖拧下来专门丢到回收瓶盖的垃圾桶的事情，更确信了自己当时的推想，也对日本人如此强的垃圾分类观念由衷地赞叹。

这种自觉的卫生习惯可能正是日本城市保持清洁的主要原因

吧。最后两天入住大阪。在大阪一个商场及其附近，看到了熟悉的脏乱差的场景。我们开玩笑说：可能是大阪中国人比较多的缘故吧。

这样说绝不是贬损国人，更不是“崇洋媚日”，而是真真切切地感受到了“我们”和“他们”的差距。中国人站了起来，富了起来，强了起来，也是时候应该朝着更加文明的方向发展了！我如是想。

此行还有一些细小的观察和体验。吃饭时，特别留意了一下日本人（想要印证一下当年那位日本学生说的在日本吃不饱的事情）。虽然是自助餐，他们盛得也不多，安安静静地吃饭，吃得干干净净。关于用餐，导游也特别交代过，不要高声喧哗，不要剩饭。我们入乡随俗，不管是几人一桌还是几十人围坐在一张长桌上，都安静地吃完自己的饭。倒是一天晚上在奈良一家居酒屋吃日式火锅时，旁边的日本人大声地聊着天。孩子好奇：“不是说不能大声说话吗？”我想起以前在书上看到过居酒屋是拘谨了一天的日本人放松的地方，也许可以解释眼前的景象。

一到日本，便在大巴车上看到几个背着书包、穿着制服的小学生，穿着短裤或裙子，露着腿。“真的是光着腿呀！”同行的人都发出“传说变成现实”般的感叹。在以后的几天，也经常能看到上身穿着大衣，脖子围着围巾，腿上却穿着薄薄的丝袜或光着腿的人。我们得出结论：一、这里的冬天真不太冷，根本没有北京寒风刺骨的感觉，所以，不穿裤子也挺得过去；二、一时不穿裤子尚可，从长期来看，很多日本女人的罗圈腿很可能就是腿部受寒的结果。

前六天的日本之行都很惬意，最后一晚的大阪却让我有惴惴不安的感觉。晚上七点多钟，夜幕已经降临，去大阪海游馆游玩了一天的我们回到酒店稍事休息后，出来觅食吃。酒店坐落在大阪梅田区，叫曾根崎酒店。酒店的名字似曾相识，但一时想不起来在哪儿见过。一边想，一边和表姐、孩子们往外走。酒店对面是一个小寺庙，拐过去，没走几步，又赫然是座坟墓。这就可见日本民居、寺庙、坟墓杂处的事实了。心不觉怦怦直跳，加快脚步。刚刚空无一人的街道边上，又突然站着几个奇装异服的男青年，惴惴地走过他们身边，一拐弯终于找到了外甥女想吃的回转寿司。寿司店所在的街道倒是灯火通明，是一条热闹的商业街。紧张的情绪有所缓解。吃完饭，又在商业街上溜达了一会儿，走了不同的路回酒店。这一路上，街道两边随处可见的“无料案内所”（日本国内常见的性服务介绍所）更加让人不自在。特别是一家店前的一个中年男子一直看着我们从门前经过，直看得我们心里发毛。终于走回酒店，再次看见酒店的名字，突然“曾根崎情死”（《曾根崎情死》日本剧作家近松门左卫门的净琉璃作品，曾引发情人双双自杀的时髦）五个字从我的脑海中浮现出来。啊啊啊，怪不得，原来是这么个光怪陆离的地方。赶紧进酒店关紧房门。心里感叹：还是祖国安全啊！

最后一天大阪城公园明朗的阳光驱散了大阪夜色带来的不安，日本之行也即将结束。

此行实现了多年来日本一游的夙愿，也留下了很多遗憾。因为跟团旅游，不能随心所欲。在《源氏物语》故事的发生地小城宇治品尝了当地的抹茶后，便匆匆离开，和近在咫尺的源氏物语博物馆失之交臂；没有好好感受奈良、京都的古朴；没有去金阁寺、银阁寺、五重塔等等当年读日本文学时留下深刻印象的名胜；更不用说去看看川端康成笔下的伊豆的舞女，去感受一下他笔下的雪国了。

“没有遗憾的旅行是不完美的”，这样安慰想穿和服没能如愿的孩子，也是安慰自己。期待以后有机会来一次日本深度游，更好地认识这位一衣带水的“老邻居”，也更好地认识自己。

2018.2.24

甪直行

深秋时节，几场秋风吹过，北京已是红叶瑟瑟，黄叶飘零，不胜凄凉之感。因为要参加一个有关校园文学的会议，周末清冷的早晨，我匆匆踏上了南下的火车。

此行的目的地是苏州的甪直镇。

说来惭愧，在这之前，我从未听说过这个地方，甚至不认识它的名字。看到会议通知，赶紧百度，才知道这个“甪”音同“路”。

这是我第一次去苏州。以前去过杭州，“上有天堂，下有苏杭”，苏州和杭州往往被相提并论，我想当然地认为苏杭两地应该差不多，所以对要去的地方没有抱太多新鲜的期待。加之舟车劳顿，日程紧张，也没有丝毫游玩的兴致。

及至到了苏州，到了甪直，才惊觉自己的孤陋与无知。

这是一个我本应该知道的地方——教育家、文学家叶圣陶先生曾在这座江南古镇执教五年并创作了大量文学作品。

这也是我早就“接触过”的地方——《稻草人》《多收了三五斗》……这些小学时候就学过的叶圣陶先生的文章，就写于此地或以此地的风物为原型——如《多收了三五斗》中的万盛米行。

这里真是一个既陌生又“熟悉”的地方呀！我为我的无知感到又羞又愧。

带着羞愧，怀着景仰，在会议主办方的带领下，我们参观了位于甪直古镇的叶圣陶纪念馆。

“千里莺啼绿映红，水村山郭酒旗风。南朝四百八十寺，多少楼台烟雨中。”叶圣陶纪念馆就和这“南朝四百八十寺”之一的千年古刹——保圣寺毗邻。

我们穿过保圣寺，未及多看寺内出自唐代雕塑家杨惠之之手的罗汉塑像，便来到了叶圣陶纪念馆。

这里原是甪直镇吴县县立第五高等小学（简称“五高”），叶圣陶先生于1917年至1921年在此任教。

在甪直期间，叶圣陶先生潜心教育，和志同道合的同事们大刀阔斧地实施教育变革。他们编写新的国文课本，用白话文上课，还搭戏台演话剧，设博览室，开垦农场……千年古镇刮起了一场前所未有的教育新风。

叶圣陶先生给古镇带来教育革新的同时，甪直古镇也以其秀丽的水乡环境、深厚的历史文化底蕴滋养着他的文学创作。在甪直的五年时间里，叶圣陶先生创作了三十篇小说、二十三篇童话、十三篇散文、十九篇诗歌、四篇戏剧（文艺理论）。离开甪直后，以甪直景观为原型，还创作了多篇文章，其中就有天下皆知的《多收了三五斗》。

叶圣陶先生曾说甪直是自己的第二故乡。1977年，离开甪直半个世纪的叶圣陶先生再次回到甪直，还饱含深情写下了《重到甪直》的诗篇：

五十五年复此程，淞波卅六一轮轻。
应真古塑重经眼，同学诸生尚记名。
斗鸭池看残迹在，眠牛泾忆并肩行。
再来再来沸盈耳，无限殷勤送别情。

正是由于叶圣陶先生和角直古镇的深厚渊源，为了表达对叶圣陶先生的怀念和崇敬，1988 年，当地人民将“五高”旧址重建，辟为叶圣陶纪念馆。

一进纪念馆，我们先步入陈列叶圣陶事迹展的展厅。迎面而来的是叶圣陶先生的雕像，和赵朴初“一代师表”的题字，让人肃然起敬。馆内分专题展出了叶圣陶先生的生平事迹以及先生在教育、文学、出版等各个领域的成就和贡献。我和同事循着展览的顺序，一一仔细看来。

先生和夫人胡墨林伉俪情深；先生在角直筚路蓝缕开创教育事业；先生明白如话、即使现在读来仍觉深受教益的教育思想和方法；作为文学研究会的发起者和组织者之一，创办我国新文坛上第一个诗刊《诗》；在商务印书馆主编《小说月报》，慧眼发现了戴望舒、巴金、丁玲等青年作家，并将他们推向文坛；在开明书店编写出版备受赞誉的《开明国语课本》，主办活跃至今的面向全国中学生的杂志《中学生》；作为人民教育出版社第一任社长主持编写影响深远的中小学教材；临终前三次修改，切切叮嘱子女一切从简的遗书……我们一路参观，一路感叹，以前对叶圣陶先生的了解真是太少太少了！

也许是时近傍晚，纪念馆里的游客很少，院子里寂静无声。夕阳透过花墙，照在白墙黑瓦的园林式建筑上，院子里月季红艳，一切都显得光明而温暖。这江南的秋天非但没有一丝凉意，反而真是“秋日胜春朝了”。我们舒展开在北京的秋风中瑟缩着的身体，自在地在纪念馆内四处徜徉。

轩敞明亮的四面厅，就是当年的阅览室。“松柏本有性，园林无俗情”的楹联让人顿觉凡尘尽洗。遥想近百年前的学生聆听先生教诲，该是怎样的如沐春风？

四面厅一侧的鸳鸯厅，是当年教师的宿舍和办公室，叶圣陶先生就在这里居住和办公。还有一座两层的小楼，是女子学部，叶圣陶先生的夫人胡墨林女士曾在此授课。除了教国文外，胡女士还兼教家庭生活课，讲授各种剪裁技艺等。

纪念馆后是一个花园，一角是叶圣陶先生的墓地，静谧而庄严。另一角是唐代文学家陆龟蒙的墓。据说陆龟蒙年轻时性情豪放，通六经大义，尤精《春秋》。举进士不第后，隐居甫里（甪直古称甫里），人称甫里先生。两位相隔千年却都同样热爱甪直这方水土的先生同眠于此，可算一段佳话了。

园子里还有两棵千年银杏树引人注目。粗粝的树身，镌刻着岁月的沧桑，但高可参天的树冠，枝繁叶茂。风起处，鼓动漫天蓬勃的生气。其中一棵银杏的树身中还长出一棵榆树来，形成母子树，让人不得不感叹自然的神奇、生命的力量。叶圣陶先生的长篇小说《倪焕之》中描写的“高高挺立的银杏树”就是这两棵树。

银杏树下是著名的“生生农场”。“生生”，指先生和学生。师生共同开荒种地，培植玉米小麦、瓜豆菜蔬，让学生在“学农”的过程中锻炼筋骨，磨炼意志，懂得“粒粒皆辛苦”的道理。小小的农场，融入了叶圣陶先生对全面育人的思考和实践。

千年银杏见证了先生那段“指点江山，激扬文字”的峥嵘岁月，更见证了这个农场的“生生不息”。

无独有偶，陆龟蒙先生隐居甪直时，躬耕南亩，亲事稼穑，还撰写了一部有史以来独一无二的专门论述农具的经典著作《耒耜经》。叶圣陶先生创办“生生农场”是否也受到这位先贤的感召呢？

这次苏州之行参加的会议，主题是“加强教师文学修养，促进教师专业成长”。在叶圣陶先生的诞辰（10 月 28 日），在和叶圣陶先生有着深厚渊源的地方，举办这样的会议，其目的不言而喻，就是号召语文老师们能像叶圣陶先生那样，既教书又写作。

叶圣陶先生曾发表过一篇非常著名的文章《“教师下水”》，他说：“教师教学生写作文就好像教练教运动员学习游泳，光讲理论作用是不大的，教练跳进水中，给运动员亲自示范一下游泳的动作要领，运动员就能够很快学会游泳。同样，教师教学生写作文，亲自写一篇示范一下，这篇作文的重点在哪里、难点怎么突破就能够做到心中有数。”“语文老师教学生作文，要是老师自己经常动笔，或者做跟学生相同的题目，或者另外写些什么，就能更有效地帮助学生，加快学生的进步。”提倡语文老师多动笔，多写东西，用自己的写作实践去指导学生的写作。

叶圣陶先生是这么说的，也是这么做的。他不仅自己写作，还专为孩子们创作了大量的童话。以同名童话命名的童话故事集《稻草人》是我国现代文学史上第一部童话集，其中的经典篇目影响了几代中国人。眼前的“生生农场”上，就立着一个小小的稻草人。它就是先生笔下那个富有同情心的稻草人吧。庆幸的是它眼前守护着的是菜蔬成行，秧苗青青，不再有人间的疾苦和哀伤。

参观完叶圣陶故居，时间已经不早了，我们不敢在古镇上多流连，匆匆返回住地。

第二天早晨，早早起来，赶在登上回京的火车前，又和同事去古镇匆匆走了一圈。清晨的角直古镇，光影摇曳，小船悠悠。老阿妈拎着水桶从倒映着桂树的河流中取水；一群小狗在窄窄的街巷中撒欢奔跑；丝绸铺、古玩铺卸下一扇扇斑驳的门板，准备开张。古镇一天的生活徐缓地拉开了。

我们走过万盛米行，走过清末思想家王韬的故居，走过鳞次栉比的灰瓦房，跨过一座座古朴的小桥，在古镇的桨声光影中踏上了归程。

匆匆而来，恋恋而去。

何日可以唱着明代诗人高启的《甫里歌》，悠悠然地重游一回角直呢？

长桥短桥杨柳，前浦后浦荷花。
人看旗出酒市，鸥送船归钓家。
风波欲起不起，烟日将斜未斜。
绝胜苕中刬曲，金齑玉鲙堪夸。

2018. 11. 11

游园惊梦

这一年，动了几次去圆明园的念头。

第一次是盛夏时节，想带孩子去圆明园赏荷，因“司机”出差，顿觉路途遥远，地铁还需几次辗转而作罢。第二次是清秋时节，想带孩子去圆明园赏秋，怎料车子出现故障，只能以最快四十迈的速度“爬行”，遂兴致全无，中途而返。孩子打趣道：“妈妈，是不是你和圆明园无缘啊？”

第三次，终于成行。已经立冬多日，圆明园还有什么可赏的呢？我不管，我一定要去。在雾霾中煎熬了一周，绝不能放过这晴好的周末。

睡饱了觉，吃饱了饭，收拾停当，十一点多才从家出发，到达目的地已是午后时分。

当我置身圆明园，看着满园的湖光树影时，激动万分，心想，这个时节，这个时间，来到圆明园，刚刚好！

初冬的圆明园，木叶凋零。湖畔的垂柳，有的半黄半绿，有的已全部染上了黄色，依然枝叶婆娑。它们和蓝天一起，倒映在如镜的湖面上。黄绿蓝三色，交相辉映，水色与天光，上下圆融，好一个清丽明净的琉璃世界！水边的芦苇，也如拂尘一般，轻轻地拭去空际的尘埃，保持这世界的清澄与明澈。

来之前，孩子不愿出门，只想待在家里拼乐高、看视频；爱人因为工作上的事情一夜难眠，精神不振；我呢，刚刚过去的一周，诸事不顺，满腹牢骚。此时置身圆明园，怨气、戾气似乎都被涤荡一空，心胸为之开朗。爱人高兴地说幸亏今天被我拉出了门，要不然还会纠结工作的事。孩子也活泼起来，不似在家中的懒散。我们一家三口欢快地在园中游玩。一会儿父女俩在我的前面追跑打闹，一会儿三个人比赛爬坡，一会儿又被美丽的风景吸引，驻足观赏。

诗人礼赞春天的柳树“碧玉妆成一树高”，如果见了这冬天的柳树，不知会如何譬喻。斜阳映照下，遍体金黄的柳树，熠熠生辉，不由人不想起徐志摩的诗句：“那湖畔的金柳，是夕阳中的新娘，波光里的艳影，在我的心头荡漾……”

波光里除了柳树的艳影，还有两只优雅的身影吸引了我们的注意。那是两只黑天鹅。黑如绸缎的羽毛，细长的“S”形脖颈，红艳的鸟喙，都在诠释着什么是典雅与高贵。它们浮游在蓝色的湖面上，时而弯曲脖颈，将头伸入水下取食；时而颔首垂目梳理羽毛。那一曲一伸之间，不急不缓，旁若无人，悠闲自在。偶尔振动双翅，跃跃欲飞，又尽显灵动。两只天鹅的身边还跟着几只天鹅宝宝。小小的，土黄色的羽毛，很不起眼，我还以为是鸭子。爱人取笑我说：“人家还没变成天鹅，你就笑话人家是‘丑小鸭’？”我方恍然大悟，也笑自己眼拙得紧。

我们时而沿湖亲水，时而登坡远眺，时而踩石过桥，一路走，一路感慨这皇家园林的大气，真是远非江南园林的秀气可比。孩子想要快点儿到达我来之前诱惑她说的圆明园里有个好玩的地方——迷宫。走了好久还没到，她急了，不断地问我迷宫到了没，迷宫到了没。我安抚她说：“不要着急，咱们慢慢走，还能欣赏风景。就像你拼乐高一样，你很快拼完了就没得拼了，我们很快到了迷宫，也就没什么看了。”孩子不服气地说：“很快拼完怎么了？我有成就感啊！”唉，看来对一个孩子，是很难让她明白慢慢走慢慢欣赏的道理了。

好在前面就是迷宫的所在地——西洋楼遗址了。我们加快脚步，从入口一进来，便兵分两路：爱人拉着孩子去北边的万花阵钻迷宫，我则先去南边谐奇趣的废墟。此时冬日西沉，凉风渐起，蒹葭苍苍，枯荷满塘，眼前又是断壁残垣，横卧在落叶枯草之间，不由人不心生寒意。我随手拍下几张照片，无须添加滤镜，自是一番怀古诗的意境。还有海晏堂、大水法等遗址，此时此境观之，兴衰之感尤为强烈。游客们大多会集于此，有的在听导游讲解，有的在举着相机拍照，有的在阅读石碑上的文字，有的指点着地上的断石讨论着什么……这一切竟没有会聚成其他人多扰攘的景点那样的喧嚣。也许是圆明园冬日静谧的氛围让人冷静，也许是西洋楼遗址厚重的历史让人沉思。总之，这一处最火的景点平静得像水，让人沉浸其中，回想之，咏叹之，感慨之……

从万花阵出来，迷宫因为没有想象中的那么“迷”不可破，再加上跑了半天，累了也饿了，孩子已经没有了游玩的兴致，眼前的“破”石头更不会被她看在眼里。我们开始往回走。爱人打开导航，寻找出门的路线，这倒吸引了孩子的兴趣。她拿过手机给我们带路。我一边留恋着园中的风景，一边跟在后面往回走。

几株枯树静立湖畔，树影倒映湖中，枝条历历可数。我突然想到了“静观”一词。静观——冷静地观察。观察需冷静，先冷而后静。在这冬日的傍晚，阳光的热力早已冷却，湖水如镜，正可揽镜自照。于树而言，伫立在这苍茫的天地间，繁华落尽，倦鸟归巢，一切都归于寂静，也正是静观自省的好时候。你看那一湖静水，将树冠上每一根枝杈，将树身上每一处斑驳都照得清清楚楚。在这样的“静观”下，身有多高，冠有多大，四周可供伸展的空间阔狭，来年该向哪个方向发枝散叶，都会一目了然。

树犹此，人亦然。此趟圆明园之行，也让我躁动的心慢慢平静下来，得以静观自身。

其实，这是我第三次来圆明园。第一次，刚上大学不久，和同宿舍最好的姐妹一起，正当韶华，再美的风景在蓬勃的青春面前也会减色。第二次和恋人一起，柔情蜜意，美丽的风景也只做了爱情的点缀。第三次，也就是这次，距离第一次游园已经过了十八年，距离第二次也过了十四年。风华正茂变成了人到中年，恋人变成了孩儿她爹。当年游园的情景全然模糊，眼前的风景宛如初见。我不敢像当年那样不甚在意，而是贪恋起园中的景色来。

在圆明园澄澈的湖水中，我照见了“可憎”的自己：年近不惑，丧失了青春的朝气，平添了中年的暮气，其中还夹杂了不少怨天尤人的戾气。着急忙慌，鸡飞狗跳，琐琐碎碎，重复无聊成了生活的主旋律。自己身心的忙乱有时还会迁怒到家庭和孩子……

圆明园冬日的风景也让我自省：人到中年，应该多一些包容，多一些平和，多一些坦然。唯有内心的冲和平淡才能发现自然和生活中的美，才能享受生命的愉悦。

不去管这皇家园林的缔造者为何为此园取名“圆明园”，我的解读是“圆”者，圆融万物，“明”者明彻事理。唯有圆融通达、睿智明澈，方能不惑。这是孩子不急于懂的，也是当年的我不会懂的，唯有走过春夏，到了生命之秋的不惑之年才能有此领悟。

“十年一觉扬州梦”，来北京整整二十年了，今日游园，惊醒我混沌的梦境，拾得几分清醒。

今日游园，时间刚刚好，亦不虚此行。

2018. 11. 18

东 北 行

一个多月前，就开始为东北之行做准备，买了长至脚踝的羽绒服，买了棉鞋，买了羽绒裤。从头武装到脚，还是不放心，又多带了一件毛衣和一条保暖裤，以防天气太冷时添加。

终于踏上了开往东北的列车。因为起得太早，上车不久就昏昏欲睡。清醒过来后，一眼被窗外广袤的原野吸引。

平旷的原野向远方无尽地延伸，如果不是天边的一排树在天与地之间划出了一条界线，真不知道还会延伸到多远。一路上，只看见过一座笔架形状的山，不显其高，不见其大，像一个小小的山的模型摆放在那里。除此之外，窗外闪过的一直都是广阔的平原。

虽然是冬天，原野上没长庄稼，但不会觉得荒凉。秋天收割过的玉米田里，玉米秸秆一捆捆留在地上，呈大小均匀的圆柱形状，像极了小时候见过的碾压谷物的农具——碌碡。偶尔还有成群的牛羊，大概在吃散落在地上的秸秆吧。也因此，由眼前的情景可以想象秋天的时候，这片广袤的土地上丰饶的景象。

一马平川的土地也不单调，时不时会看见弯曲的冰冻的河流，像长长的玻璃，镶嵌在地表上，闪着淡蓝色的光。

我心里惊叹：这就是东北平原啊！

几个小时的车程后到达目的地。出站之前，赶紧围好围巾，戴好帽子，做好和寒冷作战的准备。谁知，出了火车站，一阵清凉的空气拂面而来，好舒服啊！同行的孩子们都惊喜地叫喊着："不冷啊，一点儿都不冷！"问当地的司机，司机说我们来之前就下过两次雪，今年是个暖冬。

大巴车到了一个地方，停下来后，大家发现了雪堆。"雪啊，这是雪！"一个个冬天没见雪的北京的孩子们冲上去，在雪堆里踩啊踩，踩雪发出的嘎吱声越发让人兴奋。还有人抓起一把雪，攥成雪球。如果不是行程紧张，真想打一场雪仗啊！

户外没有想象中的寒冷，室内更让人热得不适应。不管是酒店房间还是我们此行去的研究所，都让人觉得干燥难耐。在北京平时不喝凉水的我，抓起矿泉水瓶就咕嘟咕嘟喝个不停。孩子们脱掉外套后，还一个劲儿地扒拉身上的衣服。一边扒拉，一边说："穿多了，穿多了！"我带去的多余的衣物不但没有机会添加，就是围巾帽子手套在后面的几天都没有戴。

东北不冷，对我们来说，是幸运。但此行不能感受东北的寒冷也让人觉得有一点儿小小的遗憾。毕竟，零下几十度的气温，冰天雪地，才是真正的东北呀！

这是我第一次到东北。以往对东北的认知很有限：清代满族"龙兴之地"、闯关东、奉系军阀、九一八事变、二人转……都是历史教科书或者电视节目上得来的碎片式的印象。这次真正踏上这块土地，才有机会对它的历史做一个比较全面的了解。和中国其他地方一样，东北也有它漫长而独特的历史——盛极一时的扶余古国、高句丽、渤海国、辽国、金国的兴衰更替，然后才是满族的兴起……一代代东北游牧民族在这片广阔的土地上策马奔腾，创造着独属于东北的文明。如今，这些古老的文明都凝固在了博物馆里，供人追忆和想象。眼前是真实的现代的东北。

也许是土地资源富足的缘故，这里的城市，不管是建筑物还是马路、街道都呈现出“大”和“宽”的特征，一如东北人的豪放，给人财大气粗之感。特别是到了晚上，流光溢彩，灯火辉煌，更显珠光宝气。虽然如此，似乎也摆脱不了“城市病”的困扰——上下班时间，宽大的马路、高大的立交桥还是成了停车场。这样的城市还在不断地变大，城市的边缘随处可见大片在建的马路、高楼、别墅。

我不禁在想，城市扩张的另一面势必是土地面积的减少，而城市生活产生的垃圾、废气也在助长着全球变暖的趋势——这也许就是现在的东北没有过去那么寒冷的原因吧。我也不禁担心，随着城市的急剧膨胀，来时掠过我眼前的广袤的原野有一天会不会越变越小?

此行的主要任务是带孩子们在一家著名的光学研究所学习和实践光学知识。几天的活动让我这个文科生大开眼界，深深赞叹科学的神奇。光学研究的成果帮助人类探索着头顶的星空。科学家相信，在浩瀚无际的宇宙中一定存在着类似于地球的星球。科学家的预言振奋人心。但是，我的心底却有一个疑问：那样的星球上是不是也有像东北这样富饶的黑土地，也能产生世世代代的文明?

回京的列车是在晚上，夜晚的列车车窗外黑黢黢的，什么也看不见。我就再也没看到来时让我惊叹的东北平原，深觉遗憾。

2019.1.28

澳洲游记

凌晨四点从家出发，中间经历了漫长的飞行、转机、飞机延误等等波折，再次躺在床上的时候，已经是次日的凌晨四点。时间整整过去了二十四个小时，而在空间上，从北到南，已经跨越了大半个地球。此时，我身在一座和北京处于同一纬度的南半球城市，西澳洲首府——珀斯。

不知道有没有睡着觉，七点左右，又强迫自己睁开了眼睛。打量整个房间，三张单人床，靠墙一排桌子，桌子上一台老式的电视机。普普通通的旅馆房间，倒也紧凑干净。一扇小小的百叶窗，打开后，明亮的阳光照亮了房间。远处的蓝天白云，近处的绿树芳草提醒我，这里是夏天。而昨天，我还在寒冷的冬季。第一次，真切地感受到了地球的神奇。

我的南半球之旅开始了！

最先亲密接触的是南半球的食物。就从食物说起吧。

和同事起床收拾好后去餐厅用早餐。一个黑人女服务员指着一台机器对我们叽里呱啦说了一堆。大意是告诉我们这个机器怎么用。我半懂不懂地翻译给学日语出身的同事听。试着操作一下，原来是一个加工他们叫作 pancake 的机器，只需要按一下按钮，一分钟左右，就会出来一个饼子。旁边柜台上放着一瓶蜂蜜，可以洒在饼子上吃。于是，这个热乎乎的，相对于凉面包、冷牛奶之类，更适合中国胃的煎饼，就成为未来几天我的主要早餐食物。几次下来，不但自己可以熟练操作，还用蹩脚的英语给第一次用餐的其他客人说明它的用法。

第一顿午餐是在珀斯的一条商业街吃的。商业街有几家餐馆，我和同事选来选去，最后走进一家以为是墨西哥人经我大胆询问后得知是巴基斯坦人开的餐厅，很费劲地点了餐。相当于我们的盖饭的一盘饭，米饭上有鸡肉和一些生菜，味道还能接受。怕不够吃，还要了一个饼。可是做得比较慢，等不及了，需要打包带走。一个“带走”，想了半天不知道怎么说。连比画带瞎说“take off”（脱掉），巴基斯坦人终于明白了，问我是不是要“take away”（带走），我赶紧点头说“yes，yes”。临走前，我对他说饭很好吃。那人高兴地对我说谢谢。还说了几句啥，我没听懂。

第二天开始在此行的主要目的地珀斯的一所学校吃午餐。这里的学生大都自带午餐，学校餐厅只有汉堡、三明治之类的简餐。我们只好将就一下。下午三点多就放学了。放学后，我们便坐公交车去市中心觅食。在一个地下大排档，发现了一家福建人开的餐厅，有米饭、面条之类的套餐。我们顿时眼里放光，直奔柜台而去。老板面露“我懂得”的微笑欢迎他饥肠辘辘的同胞。

我们住的旅馆附近有一家贝壳加油站的小超市，学生发现里面有方便面卖，奔走相告。我和同事也跑去买了几盒回来。是很小的桶装方便面，一看商标，写着“越南制造”。没想到跑了大半个地球来吃越南方便面！我们苦笑着，不由人不怀念那香味浓郁的某师傅牛肉面。不过，聊胜于无，好几次，这越南方便面成为我们的夜宵，弥补白天没有果腹的遗憾。

离开珀斯前的最后一顿晚餐，是在当地的一个公园里吃BBQ——其实就是露天烧烤，据说是澳大利亚人非常喜爱的一种活动，算是东道主组织的告别晚宴。邀请家长、学生和我们一起参加。家长带来了很多生鸡肉、生牛肉，公园里有专门为BBQ设置的烧烤台。在优美的公园暮色中，大家一边吃，一边看学生们闹，其乐融融。这是此行吃得最愉快的一餐了。

此次澳洲之行的主要目的当然不是吃了，而是游学。我和同事带着初一到高二年龄不等的三十名学生来珀斯一所中学——珀斯现代学校交流。一部分学生住家，一部分学生住旅馆。第一天上午十点左右，珀斯的家长和孩子陆续来到旅馆接住家的学生。看到有的家长光着脚从车上下来，又直接走在马路上，心里有些吃惊，后来听说很多澳大利亚人都有这样的习惯。

第二天，开始了正式的交流活动。珀斯现代学校是西澳洲最大的公立学校。校门很小，一扇白色的木门。不留意的话，还以为只是一个普通的院门，很难想到里面是学校。一进校门，便是一大片草坪。迎接的老师带着我们径直朝草坪走去，我们有点儿不敢踩。她说："这里的草坪都可以踩。"果然，上学的学生都在草坪上走，"如履平地"。后来知道市区街道旁边的草坪也可以随意踩。这一点还是挺让人羡慕的。

学生们都穿着全套校服，鞋子也是统一的。这和以前对国外学生的印象不同。听说，他们四季校服都很齐全，制服、运动服，从里到外，一应俱全。

在一个会议室举行了一个简单的欢迎仪式。其中一个环节是我讲话。来之前，演讲稿先用汉语写，再用百度翻译，又找了两个英语老师修改。本来想背下来，后来还是决定照着念。于是，就有了生平第一次英语演讲。不知道是会议厅里空调不够凉，还是我紧张，总之念完后，额头和身上都冒汗。总算过了这一关。

交流期间，每位学生安排一位 partner（伙伴），一起上课、活动。欢迎仪式后，学生们跟着伙伴去上课，我和同事熟悉一下校园环境。宽阔的草坪，凉爽的风，几日的紧张后，松了一口气，终于可以享受一会儿南半球的风了。

校园里围着草坪的是一圈高大的桉树，树上有像乌鸦一样大的黑鸟（也许就是乌鸦）飞来飞去。有时它们也飞落到草地上，悠闲地散着步。甚至走到我们跟前来，扭动着丰满的身体，丝毫不因我们是远方而来的客人而不好意思。同事被这大方的鸟吸引，轻手轻脚地跟在后面拍摄。我不经意间溜达到了学校外面。学校是开放式的，没有围墙，所以我也不知道自己已经到了校外。直到看到一个木牌，上面写着“这是一个可以遛狗的公园”，才知道到了一个公园。木牌下面还挂着一个箱子，里面是塑料袋，还有提示“这是为装狗便便准备的”。

公园很大，一大片草坪，草坪上屹立着粗壮的树木。有的树，一棵树的树冠就遮蔽了一大片天空。虽然是夏天，阳光热烈，但是清凉的风一直吹着，只觉舒爽，丝毫不感觉到炎热。

十点多，有一个茶歇时间。大概是几个领导，分别讲了话，然后介绍我们。我们向校长赠送礼物——故宫的丝绸长卷，很长，展开的时候，老师们笑。赠送校长一套脸谱餐具。还带去几张学生设计的校园风景的明信片，其中有一张是日晷，老师们很感兴趣。只怪我英语不好，不能详细地介绍。

澳大利亚移民多，从学生身上就能看到这一点。白皮肤的、黑皮肤的、黄皮肤的都有。学校俨然一个小联合国。几个亚裔的孩子，可能汉语说得更好一些，和我们的学生很快相熟起来。我和同事可以去听课。听了一节汉语课，老师讲李白的《静夜思》。我们带去的学生对“床前明月光”的“床”到底是什么，提出疑问。汉语老师可能没有想到学生会有这样的问题，毕竟对外国学生，还不用讲到这么深的程度。于是老师称赞了这个学生，表示课下可以再交流。还观摩了一节体育课，是一节室内篮球课。教学形式很丰富，学生的运动量非常大。下课后，我们送给老师一张剪纸作品，老师喜欢得不得了。又听了一节英语课，这是一节阅读课。老师先让学生自取教室图书角的书，自行阅读二十分钟后，老师在黑板上写了一长串问题，就课前学生阅读过的一本书，进行讨论。整节课一个小时，能感觉到是一堂非常扎实的阅读讨论课。课后，老师还询问我们的意见。我用蹩脚的英语称赞了一番。还听了一节法语课，跟着老师学了几个单词。

下午三点半就放学了，这让我们的学生羡慕不已。更羡慕的是，还没有什么作业。

在和接待我们的老师，还有最后一天带我们游玩的导游的交谈中了解到，表面看起来似乎很轻松的学习生活，其实竞争压力也不小。特别是澳洲的华人家庭，普遍重视孩子的学习。珀斯的西澳大学、悉尼大学等名校是华人学生高考的主要目标大学。我们不由感叹：真是不管在哪里，论学习，中国人绝对是认真的！

因为下午放学早，放学后的时间，我们都会带着学生去各处转一转。旅馆门口就有公交车，而且是免费的。珀斯市区有三条这样的免费车路线，分别是黄猫车、绿猫车和红猫车。站台和车身上都有猫的图像。在珀斯的几天，这免费的猫车成了我们出行最便捷的工具。

我们去了珀斯的铸币厂。这是澳大利亚最古老的铸币厂，里面陈列着铸币用的金矿和各式金币。其中一块最大的金币，正面是英国维多利亚女王的头像。还有一些铸造着十二生肖的金币，吸引了我们的注意。铸币厂保留了一个铸币车间，有工作人员向观众演示黄金冶炼的过程。

还登上了珀斯钟塔。里面陈列着和这座城市的历史一样悠久的钟，有工作人员演示这种纯机械的钟的操作原理。站在钟塔顶上，可以瞭望珀斯的市中心。没有摩天的高楼，视野很开阔。远处是流经整个城市的海湾，因其形似天鹅，就有了一个美丽的名字——天鹅湾。上面是湛蓝的天空，下面是深蓝的海水，整个城市如置身于蓝色的水晶中，熠熠发光。

也去了著名的国王公园。印象最深刻的是公园里的国家战争纪念碑，纪念在历次战争中为澳大利亚国家牺牲的战士。在一条长长的道路两侧，每一位士兵都有一块刻着姓名、生卒年月、死于什么战争的纪念牌。周围有被人悼念过的痕迹。仔细看这些纪念牌，很多都是非常年轻的生命。让人唏嘘不已。

从国王公园的山上下来，就是美丽的天鹅湾。在海湾边流连了很久。返回时，夜色降临。我们站在高高的山顶上，可以眺望整个珀斯城的夜景。灯火熠熠，犹如闪亮的银河一般。

著名的西澳大学位于珀斯。去西澳大学的路上，问路、转车，经历了一点儿波折。到达目的地后，被西澳大学的校园震撼：世间竟有这么美的大学！西澳大学坐落于天鹅湾畔，是西澳洲最古老的校园。赤褐色的校园建筑多用大块的砂岩建造而成，掩映在绿树丛中，静穆而庄严。

最远的一次行程，是在珀斯的最后一天，驱车一个多小时去珀斯南部的企鹅岛。企鹅岛是印度洋上的一个小岛屿。第一次见到印度洋，和很多年前在台湾第一次看见太平洋时一样，兴奋不已！碧海蓝天！第一次真真切切地领会到了这个词的意蕴！无边无际的蓝天下，是比蓝天更蓝的无边无际的大海。已经从北半球到了南半球，这无尽的大海的尽头又是哪里呢？就在我陷入遐想时，突然，不远处一条海豚腾跃而起，引起一阵惊呼。呼声未定，又有人喊："海狮！海狮！"只见几只呆萌的海狮在远处的岛上呆望着我们一船人。企鹅岛上有世界上体形最小的企鹅品种——小蓝企鹅。以前只知道企鹅生活在冰天雪地的南极，这么娇小可爱的企鹅恐怕经不住那样的酷寒，澳大利亚的南海岸就成了它们理想的栖居地。

在珀斯待了短短的六天，第七天又飞去悉尼。

珀斯是一座安静、凉爽的城市。一到悉尼，世界大都市的热烈、喧闹潮水般席卷而来。登上游轮，徜徉在深蓝色的悉尼海湾，悉尼港大桥、悉尼歌剧院等举世闻名的建筑映入眼帘。以前就知道悉尼歌剧院的造型像贝壳。今日亲见，才看清楚，它是由十块大"海贝"组成，既像竖立着的贝壳，又像两艘巨型白色帆船，停泊在蔚蓝色的海面上，与周围景色相互呼应，相得益彰。

登上悉尼塔，可以三百六十度瞭望整个悉尼城。想起北京国贸的中国尊、东京的天空树、台北的101大厦，这些是我去过的城市的制高点，还有我没去过的，似乎世界上每个大都市都有一座超高层建筑，来借此彰显这个城市甚至国家的经济实力。“危楼高百尺，手可摘星辰”，诗人的夸张和想象成了现实。站在高耸云天的塔上，俯瞰整个城市，也让人深切地感受到了现代都市不断向外、向上扩张的野心。

还参观了悉尼大学。悉尼大学的校园建筑像极了电影《哈利·波特》里的霍格沃茨。学生们欢呼着跑到各处照相留念。偶遇一群中国大妈，在草坪上各种摆拍。我和同事有些不好意思了，一边笑着大妈的疯狂，一边走开去。

2000年悉尼奥运会的举办场地，也让人印象深刻。广场的地板上刻着2000年奥运会获奖运动员的名字。我们找到了一个又一个中国运动员的名字：孔令辉、李小鹏、伏明霞、田亮……作为中国人的骄傲之情溢满心头！

还去了蓝山国家公园。据说，由于山上生长着不少桉树，树叶释放的气体聚集在山间，形成一层蓝色的薄雾，蓝山因此得名。和中国的名山一样，因山的形状也会附会一些传说故事。蓝山的三姐妹峰就有一个动人的故事：传说三姐妹峰是巫医的三个美丽女儿的化身。为防歹徒加害，其父用魔骨将她们点化为岩石。其后巫医在与敌人搏斗中，丢失了魔骨，无法使三个女儿还生。峰下常见琴鸟飞翔，传说就是巫医的化身，仍在寻找魔骨，以期复原女儿的真身。三姐妹峰险不可攀，有高空索道载客攀升，几近垂直的索道，确实惊险！

相比在珀斯时的悠闲，悉尼之行太匆忙，浮光掠影地走一遍，就离开了。

回国的飞机上，和同事说起这一路的感受。初到珀斯时，看到人那么少、环境那么优美，真是羡慕不已，不禁有他日移民之痴想。等到十天下来，归心似箭，哪儿好，都没有自己的家好啊！

经过十几个小时的飞行，双脚再次站立在北京的大地上，看着熟悉的面孔，听着熟悉的语言，心里顿时踏实了许多。回家喽！

2019. 3. 6

第五辑 草木潞园

Cao Mu Lu Yuan

潞园的秋

有了一篇《故都的秋》，其他写秋的，特别是写北国之秋的文字似乎都嫌多余。但不免又想，人皆有情，人各有感，我也可以写写自己喜爱的秋呀。何况日日生活的潞园，古木参天，藤树蒙络，湖山亭楼，花草繁盛，身处其间，感四季轮回，风物变幻，更想诉诸文字，记之，咏之，歌之，叹之了。

潞园四季可喜，最美者当属三秋。很难说清楚秋天是什么时候来到潞园的。当你注意到秋之来临时，是无意中瞥见人民楼前后密密层层的爬山虎织成的绿墙衣间摇曳起点点红色的时候，是偶一抬头洛宾道上高大的银杏树顶泛起闪闪金黄的时候。接着，秋天的脚步便挡也挡不住地走遍了潞园的角角落落。她手捧调色盘，如一位激情澎湃的画家，点染着，涂抹着，兴之所至，甚至泼洒起来，倾倒起来。任艺术的灵感迸发，任创造的激情宣泄，定要酣畅淋漓地将潞园远远近近、上上下下、高高低低，都描绘成色彩斑斓的图画。

这幅每年一次的倾情之作，确乎让每一个生活在潞园的人叹为观止！像节日一样，大家或两两相约，或三五成群，甚或全班出动，走出教学楼，走出图书馆，走出实验室，去欣赏秋天的杰作。洛宾道与解放楼之间的草坪，一边是“满树尽带黄金甲”，一边是“飞流直下红瀑布”，大家或立或坐，或蹲或卧，或文艺，或搞怪，将青春与秋光一起定格。

一日，我走在洛宾道上，突如其来，一阵大风，万千银杏叶从天而降。我赶紧掏出相机。旁边正在清扫落叶的环卫工师傅也停下手中的扫帚冲我喊：“快拍，快拍！”我们一起陶醉在这漫天黄叶雨中。风过，最后一拨叶子缓缓落下，我和师傅相视而乐：“风过去了……”

洛宾道。王洛宾，从这所有着一百五十年历史的古老学校走出的西部歌王，最脍炙人口的歌曲是《在那遥远的地方》，曾勾起多少人对于远方诗意的想象与向往。但此情此景，让人觉得远方就在眼前，眼前就是远方。带着这一点儿欢喜，我奔赴教学楼的脚步轻快了许多。

协和湖也是潞园之秋浓墨重彩的一笔。最喜欢站在湖畔，“望穿秋水”。秋水有它独特的美，温润得如同一块深翠的碧玉，静默得如同一位沉思的哲人，平静得如同一面磨平的镜子。那是经历了春波的荡漾、夏水的膨胀之后沉淀出的一种气质。洗尽铅华，与世无争，只是静静地映照着湖畔绚丽多彩的世界，将潞园之秋整个地拥进自己的怀抱。

和协和湖一石桥之隔的是一块荷塘。夏日让我们领略了莲叶摇曳、荷花盛开、鱼戏其间的美景之后，此时的荷塘，往日亭亭玉立的荷茎东倒西歪地伏在水上，碧绿的“擎雨盖”也皱缩成枯黄的一团，使人不由得想起那句“留得残荷听雨声”的哀吟。荷塘之上，却是红叶披拂，柳枝婆娑，更显得荷塘的衰败不堪。记得去年的这个时节，心情低沉的我来到这里，满塘的凄凉倒也符合我的心境，对着枯荷自伤自怜一番，仿佛也宽解了不少。

是那位画家忽略了这片荷塘吗？我倒觉得这正是秋的高明之处：在整体绚丽的色调中留一点儿冷色，缓冲一下，调和一下，对比一下，使得整幅图画更显张力，也给像我这样偶尔郁郁不乐的人留一个独处静思的地方。

湖边的树林又是一处胜景。成片的槭树、枫树在夏季整个潞园的绿树浓荫中，是不引人注目的。一到这个季节，它们突然间就像待嫁的姑娘，开始为自己置办起了嫁衣。当披上精心织染的新衣后，它们便成了鲜艳夺目的新娘。一日，看见一群附小的孩子兴高采烈地在树林里玩，一人拎了一个塑料袋，大把大把地抓起地上的枫叶装进袋子里，就像捡起新娘抛洒的喜糖。我猜想，他们捡这些红叶回去，可能要制作树叶画，或者别的什么装饰。大自然提供的素材到了孩子手里，一定会创造出出人意表的艺术品。他们一边捡还一边比，比谁的叶子大、谁的叶子红。从旁边经过的我，被这份童趣感染，早将那点儿“晓来谁染霜林醉，总是离人泪”的联想抛到了脑后。

秋天分明是快乐的，为何要忧伤呢？即使下点儿雨吧，潇潇暮雨“一番洗清秋”之后，红的更红，黄的更亮，潞园里更增添了清新浪漫的气息。即使红消翠减，秋尽冬来，那又是一番景象——几年前一场突如其来的大雪，一夜之间将潞园变成了银装素裹的世界。孩子们打雪仗的欢笑声犹在耳边，由不得人不去期待再来一个那样的冬天。

“自古逢秋悲寂寥，我言秋日胜春朝。晴空一鹤排云上，便引诗情到碧霄。”没有比这首诗更能形容大家的心情的了。潞园秋景的图片配上诗意的文案，一次次地刷屏微信朋友圈，大家互相评赞，互相转载，分明发酵成了一场秋日的狂欢。

青春的园地里，没有悲凉，只有蓬勃的力量。一点点烦恼和忧愁，只要去园子（老师们戏称协和湖一带为“园子”）里走一圈，便会被湖光山色稀释掉、融解掉。协和湖上的碧波，德辰山上的明月，就是潞园的“水”与“月”，给紧张忙碌的我们带来慰藉，为所有潞河人所“共适”。

“走，我带你去‘寒山石径斜’”，期中考试监考结束后，同事兴致勃勃地邀请我。那是德辰山上石头砌成的小路，此时正是“霜叶红于二月花”的时候。被同事的热情，被潞园的诗情牵引着，我欣然前往……

2019. 11. 7

冬天：积蓄勃发的力量

——《潞园·冬之韵》刊首语

潞园之秋刚刚华丽谢幕，一场比往年都要来得早一些的初雪，又将潞园银装素裹。冬天，犹如一位冰清玉洁的仙子，翩然而至。

每到这个时候，总要兴奋地哼起一首小时候学的歌谣：“洁白的雪花飞满天，白雪覆盖着我们的校园，漫步走在这小路上，留下脚印一串串……”就像歌中唱的，我漫步在白雪覆盖的校园，贪婪地观赏着眼前的雪景。

几天前还铺金着绿的草地，换上了镶钻缀玉的雪毯。远远看去，闪烁着莹莹的亮光。树梢枝头，桥栏湖畔，山坡亭盖，楼后阶前，亦是积雪皑皑。唯有尚未结冰的协和湖，一湖静水，虽没有落雪，却映照着这雪后晶莹剔透的世界。真可谓“天与云与山与水，上下一白”。不禁让人想效仿张岱，也撑一小舟，带一火炉，烧一壶酒，邀一二知己，于湖上围炉赏雪，该是何等惬意！

被草地上打雪仗的孩子们的欢笑声从痴想中拉回来，又“老夫聊发少年狂”，弯下腰，攒一把雪，加入孩子们的队伍中。打一场雪仗，堆一个雪人，享一场雪趣！协和湖的大鹅也不甘寂窠，一只紧跟着一只，扭呀扭的，从湖上跑到岸上来，在雪地上啄食。直到被调皮的孩子追赶，又嘎嘎叫着跑回湖里。

有雪的冬天，就是这么欢乐！

云消雪霁之后，潞园越发显得古朴宁静。苍苍古树，繁荫落去，静默着记取似水流光。巍巍楼宇，铅华洗尽，肃穆着聆听木铎声朗。

冬天又是这样沉静的季节。草地逐渐地衰黄，枯叶无声地化入泥土，湖水静静地结上冰，协和湖畔也不见了学生读书或散步的身影，都跑进了教室或图书馆去用功。清代张潮在《幽梦影》中如是说："读经宜冬，其神专也。"冬日的寒风将往日的喧嚣与浮躁一扫而尽，正宜屏气凝神、心无旁骛地去参悟自然之机、造物之理。于沉静中涵养，于沉静中思考，又于沉静中醒悟。

当然，沉静不代表凝滞。冬天的校园，青春的热血依然沸腾。你听，纪念"一二·九"运动的大合唱雄壮激昂；你看，操场上整齐的跑操队伍英姿飒爽！献爱心活动中传递着青春的责任与担当，艺术节上展示着青春的创意与梦想。冬天的潞园里，每一寸冻土里，每一方寒冰下，生命都在悄悄地积蓄着勃发的力量。

冬天来了，春天还会远吗？

让我们静候从遥远的天际吹来的第一缕春风吧，那时候，协和水暖，草木萌发，鹅戏鹊鸣……春天来了！

2019.12.6

玉兰花开

小区超市门口的几株玉兰开花了，很繁盛的样子。

防疫检查点就设在超市门前的路上。前面一位老大妈边接受检查，边骂骂咧咧地说："专家说的都是屁话，谁都靠不住，只能靠自己……"只见这位大妈戴着口罩，头上还套着一个超市购物用的塑料袋。"专家说的都是屁话，谁都靠不住……"查完体温，她大声重复着这几句话，气喘吁吁地往前走去。工作人员无可奈何地笑着说："（她）都憋得喘不过气来了……"

本来每次出门都是急匆匆地购物，无心他顾。今日更觉心情烦闷。玉兰花兀自绚烂着，我匆匆地回家去。

心里终究惦记着玉兰开花的事，不觉想起潞园的玉兰来。

潞园的人民楼前有两棵玉兰，一棵是白色的，一棵是粉色的。白玉兰先于粉玉兰开放，每年玉兰花开时，远远地，就能看见一树繁花，宛如千万只玉蝶从天而降，飞舞、徘徊于一树。

走近了细赏，玉兰花不像桃花的娇艳、梨花的柔美，它厚实饱满的花瓣，大气舒展的花姿，款款地绽放于花枝之上，自有一种优雅大方的气质。粉色的玉兰艳而不娇，白色的玉兰花更是给人玉洁冰清，凛然不可侵犯之感。

玉兰又称木兰，不禁让人联想到替父从军的花木兰，还有林语堂笔下的姚木兰。一古一今两位木兰，外柔内刚，坚韧勇敢，可以说都是人如其名、人如其花了。

咏玉兰的诗不多。明代文徵明《咏玉兰》：

绰约新妆玉有辉，素娥千队雪成围。
我知姑射真仙子，天遣霓裳试羽衣。
影落空阶初月冷，香生别院晚风微。
玉环飞燕元相敌，笑比江梅不恨肥。

在诗人眼里，新开的玉兰花洁白优雅，仿佛绰约多姿的美人刚刚妆点过雪白的面容，焕发着美玉一般的光辉。远看时，满树的花朵仿佛无数穿着素衣的美人，聚集起来像雪花一样轻盈起舞，美不胜收。特别是诗中写到了夜间的玉兰花，因为没有机会夜赏玉兰，读之可喜。可以想象，春风沉醉的夜晚，再有点儿淡淡的月色，一树洁白的玉兰，在月光的映衬下，真有“肌肤若冰雪，绰约若处子”的姑射仙子之姿了。

文徵明诗画俱佳，他还绘有《玉兰图卷》。图卷上白玉兰花或绰约绽放，或含苞待放，纯白无瑕，色美若仙。说他是古今喜爱玉兰第一人，应该不为过吧！

谁不喜欢玉兰花呢？初入潞园的第一个春天，我就被那棵白玉兰惊艳。和几个年轻的同事下班后相约去花下拍照留影。以后的每年春天，玉兰花开时都要去树下流连一番。也会想起当年合影的同事，有的已经远走他乡，每次看到玉兰花，总能想起大家初入职场时青春的脸庞。

教研室的同事还就两棵玉兰出了一个上联：白玉兰粉玉兰粉白玉兰，征集下联。我凑了一句：黑喜鹊灰喜鹊灰黑喜鹊。总觉没有上联的自然。

还听到一则趣事。一位外校的老师来潞园参会，远远看到玉兰树下有个穿红校服的学生正在赏花。红白相映，优美如画，不胜感动，便走过去将手中的一本描绘校园风景的图书赠予该生。我不禁为这位老师的行为感动不已。化用卞之琳的《断桥》：“你站在花下看风景，看风景的人在远处看你。玉兰花装饰了你的青春，你装饰了老师的梦。”美丽的风景触动诗意的心灵，又牵引出一个小小的善举，谁说那位赏花的学子心里不会因此而埋下美的种子呢？

前两年，校园绿化，又在协和湖一带种植了多株玉兰。每逢春至，潞园各处的玉兰花次第开放。楼前的端庄，水边的清丽，赏之不尽。

不过，美丽的风景需要美丽的心情去欣赏。疫情当前，心情很难“美丽”。虽不至于像老大妈那样心绪恶劣，但也没有赏花的兴致。怀念一下潞园的玉兰，聊以自慰吧。

2020. 3. 13

鹅

中学校园里有湖的不多，湖里养鹅的恐怕就更少了。潞园有湖，湖上有鹅——八只雄赳赳、气昂昂的大白鹅。

刘禹锡说“水不在深，有龙则灵”，我想说“湖不在大，有鹅则灵”。协和湖上的八只鹅给潞园增添了灵动之美。

不信，你瞧！协和春暖鹅先知。当协和湖畔的垂柳刚刚露出一点儿嫩黄的时候，几只鹅已经开始“白毛浮绿水，红掌拨清波”了。柳色渐浓，透过翠绿的柳条的缝隙，看白鹅游于碧水之上，白绿相衬，清澈而明朗。

夏天天气炎热，鹅们也时常摇摇摆摆地走上岸去，寻觅一片绿荫，或站或卧，啄啄草叶子，梳理梳理羽毛，好不惬意。看鹅洗澡也是一件有趣的事。在头鹅的带领下，八只鹅排成一行，游到岸边浅水处，立刻扑腾起来。一会儿将头扎入水中，又猛地抬起，剧烈地抖动；一会儿又将头埋到翅膀下面，大概是用嘴梳啄羽毛；一会儿两只翅膀使劲儿地拍打着水面，做振翅欲飞状。岸边看的人不禁叹为观止，它们并不在乎旁人的目光，似乎人越看，它们的翅膀拍打得越起劲，直到岸上的人叫起好来。

秋天是潞园最美的季节，缤纷的色彩涂抹着，泼洒着，将潞园装饰成最最绚烂的画卷。这画卷里少不了纯白的点染。这几点白，增添了霜叶红于二月花的韵味，消解了萧萧木叶下的凄凉。

冬天，一场雪下来，潞园银装素裹，天地一色。鹅们走在白色的冰面上。不动时，一山、一湖、一鹅，世界仿佛静止。行动处，又宛如冰雪世界中的精灵，将人带入童话般的境界。

潞园四季，有鹅更有了灵气，更有了趣味。

潞园的鹅是潞河人的团宠。去湖边遛个弯儿，也要记着带上点儿吃的喂喂它们。久而久之，养成了它们非但不怕人，见人走近，还会大声叫着朝人走过来。只见它们一个个脖子一伸一伸的，黑黑的小圆眼睛里露出等待投食的小眼神儿，又长又硬的红嘴直向你伸过来。如果你没带吃的，看着它们焦急的样子，都会心生愧意。一次假期值班，我手里拎着一块准备当早餐的饼。原本或站或卧在草坪里的鹅见我过来，立即追上我。我在前面走，它们在后面追，我走得越快，它们追得越快，嘴里还叫个不停，也许是在喊“给我吃，给我吃”吧。被追无奈，只好把我的早餐分一半给它们。鹅们这才放我一马，嘎嘎叫着去争抢美食。

有一年，其中一只鹅翅膀不知因何受伤。学校的微信群里炸开了锅，悲悯同情者有之，呼吁救治者有之，一只鹅牵动了所有人的心。

冬天的时候，协和湖结冰，还有校工师傅凿冰开洞，专门为鹅们开辟出一块游玩嬉戏之水。真是受宠之至啊！

闹禽流感的时候，几只鹅曾经被送走了一段时间。那段时间，协和湖上静寂了许多，落寞了许多。爱鹅的潞河人终是离不开鹅，风头一过，鹅们又被请了回来。潞园里传递着“大鹅回来了”的消息，大家喜形于色，课间奔走相看。

文人雅士爱鹅，以大书法家王羲之为最。《晋书·王羲之传》记载：会稽有一个孤老太太养了一只好鹅，王羲之派人去买，老太太不卖。王羲之就邀了朋友前去观赏。老妪听说王羲之要来，就杀了鹅准备款待他，王羲之一到，见鹅已死，叹息终日。又山阴县玉皇观有个老道士，希望得到一本王羲之手书的《黄庭经》，但右军大人名满天下，又怎会卖一个老道士的人情？幸好他得悉王羲之爱鹅，遂精心调养一批良种白鹅，每日于王羲之与友人郊游处放养。王羲之终于“偶然”碰见了这群白鹅，十分惊喜，便想要买下白鹅，道士说：“你只要给我写一篇《黄庭经》，我就将这些鹅悉数相赠。”王羲之欣然写毕，笼鹅而归，欢喜异常。这篇书法世称右军正书第二，后人更是由于这个典故，便有将《黄庭经》称作《换鹅帖》的。李白在《送贺宾客归越》中所写“山阴道士如相见，应写黄庭换白鹅”便是引用这个典故。

一日见一学生的水粉画：八只鹅悠悠地游荡在碧水清波的协和湖之上，颇有几分意境。潞园学子爱鹅、画鹅，难保不会出几个以创作鹅闻名的艺术家吧。

2020.12.20

协和湖

潞园之有协和湖，就像北大有未名湖。这样说，绝非要借北大之名来抬高潞园的身价，而是确确实实二者有渊源。

> 眼下的北京大学，未名湖畔方圆左右是老燕京大学的旧址。然而，有谁知道，潞河中学乃是老燕京大学之父。美国教会创办了潞河中学五六十年之后，才又开办燕京大学。燕京大学的亭台楼榭，园林景观，完全模仿潞河中学的格局，几乎跟潞河中学一模一样，只不过放大了尺寸。燕京大学有未名湖，潞河中学有协和湖；燕京大学有燕南园，潞河中学有潞南园；燕京大学有湖心岛，潞河中学也有湖心岛……燕京大学个大辈小，潞河中学个小辈大。

这是刘绍棠先生的一段文字。考之史册，确实不假。

很难想象，以“一塔湖图”闻名的燕园风景，如果没有未名湖，会是什么样？同样，也很难设想，潞园没有了协和湖，会怎样？

没有协和湖，潞园的朝暮便会减色。你将看不到红日初升，湖面上霞光万道的壮美。那是清晨的潞园，如朝气蓬勃的少年，意气风发地迎接崭新的一天。也看不到绿柳扶风，波光点点的秀美。那是白日的潞园，如清新自然的丽人，钟灵毓秀，清水芙蓉，一颦一笑，自有动人之处。你更看不到落日余晖，暮色渐渐笼上湖面的柔美。那是黄昏的潞园，平和宁静，温柔舒缓，似要娓娓道来一段很久很久以前的故事。如遇月夜，月下的协和湖，朦朦胧胧，隐隐约约，斑斑驳驳，影影绰绰。明亮处，浮光跃金；幽深处，疏影横斜；寂静处，坚石无语；微动处，落叶泛漪。可与清华园的荷塘月色媲美。泰戈尔有诗，“日为朝，月为暮，卿为朝朝暮暮”。协和湖就是潞园的朝朝暮暮。

没有协和湖，潞园的四时便会少趣。协和湖是一方舞台，春花秋月，夏雨冬雪，花容月貌，冰肌玉骨，广袖流云，轻歌曼舞，上演着时节流转、四季更迭的永不落幕的大戏。协和湖是一块画布，赤橙黄绿，泼洒涂抹，画出春燕点水，柳影婆娑；画出夏荷玉立，鱼戏蜓舞。到了秋天，那更是打翻了七色盘，仿佛将彩虹揉碎在了一湖静水中，沉淀出最缤纷的梦。没有哪幅画作能将白色运用到极致，那是冬雪过后的协和湖，上下一白，玉鉴琼田，表里俱澄净……像这样，可看戏，可观画，没有协和湖，潞园的四季哪有这般雅趣！

没有协和湖，潞园更会失去多少诗情画意。走近协和湖，你便走进了唐诗的韵脚、宋词的曲牌。看见几只大白鹅悠游湖上，你会脱口而出：“白毛浮绿水，红掌拨清波。”看到一天水光，上下相映，你会欣然默诵：“半亩方塘一鉴开，天光云影共徘徊。”看到夕阳倒映水上，你会顿时想起“一道残阳铺水中，半江瑟瑟半江红”。春风拂过湖面，你会有“风乍起，吹皱一池春水”的意兴。雨过天晴，你能得“水面清圆，一一风荷举”的神韵。疲乏了，你能享“湖光秋月两相和，潭面无风镜未磨”的平静。喜悦了，你能赞“欲把西湖比西子，淡妆浓抹总相宜”的情致。这些还不够，流连协和湖畔，你可能会有“行到水穷处，坐看云起时”的遐想，从而豁然开朗；你也许会作“小舟从此逝，江海寄余生”的远思，从而在精神上摆脱眼前的苟且。画盈眼，诗达意。“清风徐来，水波不兴。”身和心，无一处不熨帖，无一处不畅意。其中妙处，难与君说。

有首歌唱道：未名湖是个海洋/诗人都藏在水底/灵魂们都是一条鱼/也会从水面跃起。协和湖又何尝不是呢？它滋养着美的心灵，触动着诗的情思。当你漫步协和湖畔，凝眸顾盼之际，神为之摇，心为之动，诗的灵感，诗的意念，随着那湖面上的波光，闪烁着，跳跃着，栩栩而来。化为文字，不输唐诗，吟成歌子，可比宋词。即使你不思不想，只是往湖边一站，你也会成为那诗中的画、画中的诗。

仁者乐山，智者乐水。水的温柔，最抚人心。水的灵动，最开心智。没有协和湖，哪有诗情如许？

“未能抛得杭州去，一半勾留是此湖。”有协和湖，四季晨昏，便可阅湖光，赏水色，放松身心。有协和湖，小桥栏杆，方能吟佳咏，伸雅怀，陶冶情志。上善若水，以水之善育人，以水之美化人。不管燕园之未名湖，还是潞园之协和湖，校园有水、有湖者，幸甚！

2021.6.23

桥

潞园有湖，湖上有桥。大小四道，各有韵致。

沿着博唐亭前的石板路朝着协和湖的方向走，自然地就走上了一座独拱石桥。桥面平直，长约十米。桥下有河道，可以源源不断地将活水送入主湖。桥上左右两道石栏，栏侧刻有镂空的花纹，栏柱上有石球装饰。桥头栏柱上各有一只石狮子。这几只狮子让人联想到著名的卢沟桥，虽然狮子的数量和形态都不能与卢沟桥的相比，但也憨态可掬。站在桥上倚栏西望，可以将协和湖尽收眼底。桥下水浅处是几只大白鹅洗浴、戏水之地。如果正巧赶上，就能看见鹅们各种欢腾跃动的姿态。“卢沟晓月”没看过，“协和夕照”也是一道美景。放学后，校园一片宁静。站在石桥上，倚栏西望，红红的落日在不远处的树梢间半隐半现，正好倒映水中，染红一湖碧水。几只鹅许是白天撒欢儿累了，此刻，也静立在水边，仰头望西。夕阳一点点落下，湖水的颜色由红变橙再变暗。夜色从四周笼上湖面，静谧极了。

过了石桥往右，沿着湖畔迤逦前行，走过小半个湖面，面前又是一道桥。这是一座木桥，横跨在一段东西流向的湖面上，通往湖的南岸。几十根木桩直接插入水中，支撑起一道二十多米长的桥面。桥面由一条条平整的灰色木板拼接而成，略微成弧形，掩映在几株大树浓密的树荫下，朴素典雅。站在桥上，东望入德之门，庄严厚重。岩石堆叠的假山上，水泻成瀑，汇入湖中。西北可观长在湖心岛斜卧于湖面的大树及周围湖景。

每过此桥，总会想起它的前身，也是一座木桥，但整个桥体都是用一根根原生态的木头搭建而成。人踩上去，脚底的木头晃动不止，整个桥也吱吱嘎嘎地响起来。胆小的紧抓栏杆走得小心翼翼，胆大的故意大踏步跑起来，惹得一顿笑骂，野趣顿生。身边绿树四合，湖水深碧，恍入山林深处，有“日暮野桥边”之感。桥下再置一小木船，又会有“野渡无人舟自横”的意境吧。

或许是为了安全，改成了现在的这座桥。虽失野趣，但也有它的可爱之处。太阳照在桥上，桥栏上的一根根柱子投下一道道影子，桥面上形成一明一暗、一明一暗的图案，像钢琴的琴键一般。阳光透过绿叶的缝隙，一闪一闪，风儿吹，鸟儿叫，耳边仿佛响起了春天的圆舞曲。秋天，风萧萧兮木叶下，桥面撒上一层黄黄的柳叶。下雪的时候，木桥变成雪桥。这些都是让人怜爱的。

这道木桥的旁边，还有一道小木桥。三步来长，小巧别致，拱立在岩石之上，是通往湖心岛的唯一路径。湖水在此变窄，给人“小桥流水人家”之感。桥下锦鳞游泳，悠然自得。跨过小桥登上小岛，春赏木兰，夏赏鸢尾，又是一番景象。

过了大木桥，沿着协和湖南岸的小路一直往西走，西北处又得一桥。这是一道天然的石桥。说它天然，是因为它就是几块粗糙的大石板横放在嶙峋的石岸上。是桥，也像崎岖的山路，很有一点儿险趣。桥的一边是协和湖，另一边是荷塘。走了大半个湖，行至此处，忽见荷叶田田，荷苞待放，甚是惊喜。一年，荷塘里黑压压一片蝌蚪，师生惊叹，畅想着何时“听取蛙声一片”？有人说这些东西长大不是青蛙，是癞蛤蟆，众人捧腹，成了一时笑谈。

这几座桥不仅沟通了协和湖水系和湖畔小路，形成曲径通幽之妙。它们也和协和湖、博唐亭、德辰山上下配合，远近映衬，构成了一幅美丽的图画。

桥，也是一个很有文化意蕴的物象。“逢山开路，遇水搭桥”“船到桥头自然直”“桥归桥，路归路”“过河拆桥”……隐喻了多少人事。“古木阴中系短篷，杖藜扶我过桥东”“二十四桥明月夜，玉人何处教吹箫”“鸡声茅店月，人迹板桥霜”……又饱含了多少情致。有人自豪，他走过的桥比别人走过的路都多，是自诩见多识广。潞园的秀才不出门，也可走桥。走在协和湖的桥上，品人，品诗，也是乐事。

你在桥上看风景，看风景的人在楼上看你……

2021.6.24

忽见楸树

每日从卫氏楼前匆匆而过，不暇多顾。四月末的一天，又是步履匆匆地走过，忽见地上有几朵落花，白中带紫，有点儿像桐树的花。桐花是我小时候常捡着玩儿的花，遂下意识地停下脚步，弯腰捡起一朵。哪来的呢？一仰头，天啊！这儿有棵树！有棵很高很高的开满花的树！

惊愕之余，满腹疑问：这什么树啊？怎么以前从没注意到？这么高，不像桐树啊！跑到树前一看，上面挂着树牌：

楸　紫葳科　小乔木　梓属……

楸树！天啊，这就是楸树！这一次如此惊讶，是想起以前学生考试，现代文阅读的一篇文章，里面出现了“楸树”一词，后面的一道小题考查“楸”的读音，好些同学没得分（不认识，也不敢从形声字的角度去猜），考完纷纷抱怨：“什么树啊，听都没听过！”潞园就有楸树啊！我恨不得立刻跑去告诉学生。赶紧百度，不查不要紧，一查顿时觉得自己孤陋寡闻，我也是有眼不识树啊！

楸树，古已有之，而且是名木。《诗经》《孟子》《左传》《史记》《汉书》等典籍中都有记载。“其桐其椅，其实离离。岂弟君子，莫不令仪。”这是《诗经·小雅·湛露》中的诗句，这里的“椅”就是楸树。诗歌描写的是天子饮宴诸侯的场景。宫庙之外栽种着桐树、楸树，诗中用桐楸繁盛的果实来比兴君子优美的风范。

这样的楸树，怎么会过而不见呢？

草木繁盛的潞园，有的是树。桃李争春，老槐蔽日，碧柳婆娑，银杏流金，枫林似醉，松柏常青……楸树杂处其中，太不惹眼。它兀自默默地生长着，蓄积全身的力量，向上，向上。不急于分枝散叶，不求于开花引蝶，等到高直凌云，等到春华落尽之时，才无声无息地开放，馨香在高空流云间飘荡。正是这样的楸树才会得刚正不阿的韩文公的青眼吧：

> 庭楸止五株，共生十步间。各有藤绕之，上各相钩联。
> 下叶各垂地，树颠各云连。朝日出其东，我常坐西偏；
> 夕日在其西，我常坐东边。当昼日在上，我在中央间。
> 仰视何青青，上不见纤穿。朝暮无日时，我且八九旋。
> 濯濯晨露香，明珠何联联。夜月来照之，蒨蒨自生烟。
> 我已自顽钝，重遭五楸牵。客来尚不见，肯到权门前。
> 权门众所趋，有客动百千。九牛亡一毛，未在多少间。
> 往既无可顾，不往自可怜。

那个谏迎佛骨、无所畏避的韩愈，每日坐于高大繁茂的楸树下，从朝到暮，盘桓不去，只因不愿趋炎附势。“客来尚不见，肯到权门前。权门众所趋，有客动百千。”表现了耿介自持，不随流俗的气节。

韩愈之后的宋代诗人梅尧臣也引楸树为同调。他写楸树的诗《和王仲仪楸花十二韵》中有“楸英独步媚，淡紫相参差。大叶与劲干，簇萼密自宜”，赞楸树花叶之美；“图出帝宫树，耸向白玉墀。高绝不近俗，直许天人窥”，极赞楸树高大脱俗的气韵。诗的最后也提到韩愈写楸，“昔闻韩吏部，为尔作好诗”，他也要端坐楸下，“就阴东西随”，可谓韩愈的异代知音。

也许是斜风细雨不忍人们错过这潞园春日最后的繁盛，一场春雨过后，轻轻地，一地落花，提醒惜花之人见之、怜之。多少个花期过去了，终于等到一个偶然。

偶然地低头，猛然地抬头，眼前只见一棵楸树，高大挺拔。非远视不能观其貌，非仰视不能赏其花。正是暮春时节，湖畔四月芳菲尽，楸树繁花始盛开。远远望去，小喇叭状的花朵，挨挨挤挤，团团簇簇，开满枝丫。浅粉淡紫，如云似霞。那是开在天空的花朵，流连花丛的蜂蝶，是无缘楸花的甜香的。只有高飞的鸟儿，快乐地跳跃枝头，在一树繁花间叽叽喳喳地鸣叫，宣示它的喜悦和幸福。低头走路的人也没有这份幸运，不怪楸花“高绝不近俗”，只怪我们走得太快，忘记了头顶的天空。

潞园十几载，忽见楸树，始而惊喜，继而赞叹，又涌上昔日错过楸花的遗憾，心底暗许：明年，一定要记得抬头看楸花。

楸树无语，它一直都在那里。

2021. 6. 29

那一片荷塘

“曲曲折折的荷塘上面，弥望的是田田的叶子……”每次走近那片荷塘，脑中第一时间总会闪现出这句话。

荷塘位于协和湖的西南角，不足半亩。四周垒以嶙峋的石头，犬牙交错，有柳宗元笔下小石潭之石“为坻，为屿，为嵁，为岩”的效果。北岸重重叠叠的石山上，有水泻出，形成一道小瀑布，跌落塘中，溅起一片珠玉。石上也是“青树翠蔓，蒙络摇缀”。荷塘周围，杨柳掩映，鸟鸣上下。

我看过圆明园的荷花，那真是万亩荷田，莲叶接天，尽显皇家园林的风范。也看过北海公园的荷花，荡舟白塔之下，以为可以在荷花丛中穿梭，也来个“误入藕花深处”。谁知，有荷花的地方都被拦了起来，并不能近前。加上当时天气炎热，湖上没有任何遮挡，汗流浃背，赏荷的兴致减了大半。潞园的荷塘虽小，但却别致。不能划船，塘边绿荫深浓，清凉无比，我可以慢慢走，慢慢看。

真要描述眼前的景象，除了引用朱自清先生《荷塘月色》里的句子，我似乎言尽词穷了。我感叹着“田田”一词造得真妙，不用此语不能形容荷叶一片一片铺满整个荷塘的景象。“江南可采莲，莲叶何田田。”朱先生也是从这一句乐府诗学来的嘛。想至此，我也不甚羞惭了。且游目骋怀，欣赏这一片荷塘花色吧。

荷叶高高低低，错错落落，有的平铺水中，有的高举水面。起风的时候，最有风致。绿叶微微颤动，荷塘上兴起一波波碧浪。有人形容得更妙，“清风徐来，绿云自动”，这是坐在荷叶下的感受。荷花微微颔首，花瓣嫣红，如美人含羞。怪不得风流的诗人会以此设喻：“最是那一低头的温柔，像水莲花不胜凉风的娇羞。”雨后荷花，已被词人写尽：“叶上初阳干宿雨，水面清圆，一一风荷举。”那清圆剔透的水珠最吸引天真的童心，“攀荷弄其珠，荡漾不成圆”，诗人也很调皮呢。荷香最是淡雅，有人说“照水红蕖细细香”，有人说“雨裛红蕖冉冉香”，朱自清先生说“仿佛远处高楼上渺茫的歌声似的”。我闭目深嗅，只得一点儿似有若无的清香。

君子爱莲。伟大的屈原“制芰荷以为衣兮，集芙蓉以为裳”。周敦颐的《爱莲说》成了千古绝唱。曹公雪芹对一位本名英莲后名香菱的女子寄予了无限的爱怜。“出淤泥而不染，濯清涟而不妖”早已成了高洁人格的写照……荷花和潞园的其他草木一样，不仅是自然的存在，更是有着丰富内涵的文化意象。赏花的同时，不由人不产生无穷的幽思和联想。

荷花是属于夏天的，一到秋天，“菡萏香销翠叶残”。荷叶干枯，荷茎歪歪斜斜，倒在浊水之中，再不复往日的“中通外直”“亭亭净植”。但满堂枯荷也有它的审美价值。李商隐“留得枯荷听雨声”，是“相思迢递隔重城”时的一点儿寄托。到了林黛玉的“留得残荷听雨声”，一字之改，耐人寻味。富贵闲人的宝玉喜聚不喜散，见不得衰败的景象。敏感清醒的黛玉对衰落离散却有着超越年龄的彻悟与坦然。

敢于直面悲凉也是一种修行。在整个潞园浓墨重彩，轰轰烈烈地上演“秋日传奇”的时候，这一片荷塘是落寞者的知己。记得曾经黯然神伤地来到黄昏时的荷塘，替荷伤感：

少年不知愁的欢笑
轻盈地走远
寒塘里的我
枯瘦的躯干
拦不住诗人的移情别恋
他们去向那岸上披拂的红叶
献殷勤了
喃喃的相思句
一如往日对我的迷恋
唯有几只鹅静默不言
似将一切看惯
……

残荷也不会太久。不几天，会有园林工人来将池塘清理干净。就像人的心情，负面的情绪宣泄尽了，又会恢复如常。等到来年，依旧荷花满塘，荷叶田田。

一年夏天，在菜市场发现竟然有卖荷花的。一根一根直直的荷茎顶端顶着一个一个包裹得紧紧的花苞。老板说插在水里就能开。兴致勃勃地买了几支，放在自行车筐里，骑到半道，一个花苞就在摇摇晃晃中掉落了，心疼不已。索性跳下车，慢慢地推着走回了家。找出花瓶，轻轻地将剩下的几根插在水中，祈祷它能够活着。第二天一早，跑到客厅去看。荷花开了！开得好大！粉红的花瓣，金色的花心，亮丽极了！我把脸凑近花心，一闻再闻，真香啊！还用手轻轻地抚摸花瓣。谁知，荷花如此娇嫩，轻轻一碰，就掉下几片。吓得不敢再碰。真的是“可远观而不可亵玩焉”。

花瓶里的荷花固然让人爱怜，荷花的神韵还需和荷叶相得益彰，还需风吹，还需雨润。真要赏荷，还得去那片荷塘。

2021. 7. 2

落　叶

一场秋风，一层落叶。

最先谢幕的是绍棠路上的银杏叶。眼见立冬前突如其来的一次降温，银杏树的叶子迅速变黄，寒风吹过，漫天金黄，华华丽丽地落下，铺满了整条路面。经过时看见附近有园丁在清扫落叶，真想上前请求他们先不要扫银杏叶，等我带学生拍张照再扫。又觉得这样太矫情，还是不要去说吧。课间，急急地带着学生去拍照留念——这可是孩子们在潞园的最后一个秋天了。树上还未落尽的银杏叶与铺在地上的叶子，上下一色，少年们头顶金黄，脚踩金黄，青春的面庞越发神采飞扬。之后的几天，看到很多老师和学生在绍棠路上拍照。听同事说，为了大家拍照，园丁们特意留着这条路上的银杏叶没有扫。我激动地感慨："真好！园丁们也很浪漫呢！"

银杏树很快就落得一叶不剩，只留下光秃秃的树冠。而与它们一路之隔的一排杨树，抗风的能力要强得多。虽然风起时，杨树叶也在高空中簌簌作响，但是只有少量的叶子飘落下来。抬头仰望，杨树叶似乎依旧绿意深浓，遮住了绍棠路的半边天。一条路上，一枯一荣，不禁让人感叹：难道真的是越美的东西越容易凋谢吗？转念又一想：银杏叶辉煌过，灿烂过，今秋的落下，不是要为来年春的萌发、夏的蓊郁、秋的绚丽，积蓄能量吗？我还是收起这悲秋之思，心怀一份美好的期待吧！

立冬后，天气回暖了几天，风还是时不时地会逞一下威力。协和湖畔树木成林，每有风至，树叶在高空中喧嚣一片。脑中立刻闪现出“高树多悲风”的诗句，但却并不作悲。反而在午后的暖阳中，听着树叶哗哗的响声，觉出几分欢快来。树叶们也在享受这初冬难得的暖阳吧。

博唐亭下的斜坡上、石阶上，协和湖的湖畔上，铺满了落叶。想起教材上的一篇文章——林庚先生的《谈木叶》。作者提到中国古典诗歌语言中常常用“木叶”一词。如屈原的“袅袅兮秋风，洞庭波兮木叶下”。后又发展出了“落木”，如杜甫的名句“无边落木萧萧下，不尽长江滚滚来”。和落叶相比，木叶“有了落叶的微黄与干燥之感”，“它带来了整个疏朗的清秋的气息”。此时，踩在枯黄的落叶上，听着窸窣的响声，能真切地感受到失去水分的落叶干燥的质感，这可不就是诗人所说的“木叶”吗？如果这个季节带着学生学习这篇课文，他们理解起来应该会更有感觉吧。抬头向高空望去，直耸云天的杨树也终是抵不住冬风的摧折，树叶变得稀疏了。淡淡的蓝天更多地显露出来，确实让人感到初冬的疏朗与清新，胸襟也开阔起来，不觉咏起“落木千山天远大”的诗句来。

协和湖上有一块湖面铺满了柳树、槐树的落叶，深绿浅褐，斑斑驳驳，密密麻麻，聚成一片，好像给协和湖水盖了一层薄被。林黛玉不忍落花陷渠沟，我倒觉得这层水上的落叶挺有意思。因为难得见到这么多的落叶聚集在一起。当然，为防止落叶腐烂污染水质，不妨捞起。但是，协和湖水“为有源头活水来”，想必这一层落叶也不会造成太大的影响。

潞园最美的落叶，是偶遇降雪的枫叶。立冬当日，京城突降大雪，潞园银装素裹。枫树林正是由绿转红的时候，一场雪下来，落叶无数。雪落在枫叶上，一地红白相间。红叶得白雪更加艳丽，白雪得红叶更加莹洁。雪霁天晴，阳光穿进林中，白雪与红叶织成的锦绣熠熠生辉，闪闪发光，造化之功，让人惊叹。

一叶知秋，落叶是秋的象征。在有着悲秋传统的中国文化中，诗人们笔下的落叶很少有不萧瑟、不凄凉的。西方的诗歌读得不多，印象中法国象征主义诗人魏尔伦的一组《秋歌》中写到落叶，也是飘零悲伤的意象。也许我是偶尔偷得浮生一时闲，来协和湖畔转转。所以看什么都新鲜，觉什么都有趣，竟没有丝毫的悲秋之意。倒像个顽童一般，一脚一脚地踩着落叶，仿佛回到了童年。

“人有悲欢离合，月有阴晴圆缺，此事古难全。”草木荣枯，落叶归根更是自然之理。何不豁达一点儿，乐观一点儿，且赏眼前的落叶?!

2021. 12. 10

观　鸟

办公室位于天钦楼三楼的西北角，过道有一扇窗户，窗户外面是一片突出的露台，挡住了楼下的院子，只能看见一片浓绿的树梢——那里是鸟的天堂。

有时，只闻其声，不见其影。仿佛鸟儿们在开隐秘的音乐会，从树叶的间隙流泻出高高低低、婉转悠扬的旋律。校园愈静，歌声愈嘹亮。

有时，一群鸟儿腾空而起，少则十几只，多则几百只——你真不知道那密叶里到底藏着多少鸟儿，在高空中盘旋，远了近了，近了又远了，在瓦蓝瓦蓝的画布上画出优美的弧线。我的眼睛追逐着它们的身影，神思也被引上那浩渺无穷的碧霄。

鱼儿只能在水里游，人只能在地上走。唯有鸟，天上，地下，来去自由。它们是高空的王者，那翕动着羽翼，倏忽而来、倏忽而去的潇洒的身姿，将自由之意诠释得淋漓尽致。在高空盘旋一阵后，一只黑色的鸟俯冲而下，收起双翅，稳稳地立在最高的一根树梢上——那可是整个校园的制高点，我仿佛看到了它睥睨万物的眼神。不知道它是否能看到窗口的我。这个念头一闪现，突然有种自惭形秽的感觉。一个心为形役的人，连羡慕它的从容都好像在偷窥。它们也随时可以飞落到地面上来。小脚在地上一蹦一蹦，小嘴在地上一啄一啄。一次，我骑着车，远远就看见几只鸟正在我的必经之路上啄食。心想，不要惊吓着它们。谁知，当我从它们中间经过的时候，人家竟丝毫不为所动，依旧一蹦一蹦地啄着食。这也太不把我当回事了吧，我不禁失笑。

鸟有骄傲的资本，因为它们有高超的飞行技术。看见过一只大喜鹊在人民楼后面布满爬山虎的墙面上啄食的情景。那简直就是在飞檐走壁啊！武侠小说中的黑衣夜行者不见得有它的轻巧与自如。还无数次地见过小燕子在协和湖面上一掠而过的身影。迅疾地俯冲向水面，剪尾轻点，又迅疾地飞起，鱼儿也要赞叹它的利落与潇洒吧。

其实，我不认识什么鸟，除了麻雀、燕子、鸽子这几样常见的鸟叫得上名字，其他一概不识。但是，突然有一天，我喜欢上了看鸟。在协和湖畔漫步的时候，耳边的鸟鸣会自然地吸引我抬头去寻觅鸟的身影。德辰山上浓密的侧柏林中，藏着一群黑色的大鸟，它们忽而在林中穿梭而过，等你刚看见它们飞行的身姿，下一秒，它们已经躲在了树枝后面，好像在和路过的人捉迷藏。湖边的树上，有时候可以看见一只鸟使劲儿地在树干上啄着什么，我猜那应该是啄木鸟吧。想走近一点儿细看，它又倏地飞走了。目光紧追不舍，发现它又停在了更远更高的树枝上。看不清它是否在冲我狡黠地眨着眼睛。我懊恼地笑笑，谁让人家长着翅膀呢？

除了有意地寻鸟看，还会遇见意外的惊喜。一次从人民楼的打印室出来，突然听见天上一阵异样的叫声。抬头一看，长长的人字形的鸟群，大概得有上百只，正从我的头顶飞过。天啊，是雁阵吧？我惊呼出口，赶紧掏出手机想要拍视频。可是，大半个“人”字已经飞过去了，只看到个尾巴。我一边恼恨自己为什么要掏手机，一边又庆幸终于第一次亲眼看到了传说中的雁阵。虽然只是惊鸿一瞥，但也被那雄壮的气势震撼到。当夜做梦就梦见了大雁，只是那梦中的大雁似乎更大，它们没有飞，而是在一片沼泽地上栖息，几只大雁在机警地放着哨。

自从开始观鸟之后，潞园又为我开放了一方审美的天地。茂盛的树木，多样的生态，为鸟提供了良好的生存环境。鸟也为潞园增添了情趣。鸟语伴花香，鸟影穿柳林，成为日常的美景。即使在办公室忙着工作，也时有鸟鸣入耳。让你觉得虽然案牍劳形，但自然就在你的身边，随时可以抚慰你、滋养你。

可惜，我是个鸟盲。潞园的有些树上挂着标签，你可以识树。手机 App 有识花的软件，你可以知花。就是这鸟，没法认知啊！不知道研究鸟类的专家是如何观鸟识鸟的，可否教我一二？让我和潞园的鸟更亲近。

2021. 12. 12

潞园里那些“有料”的树

潞园多树，除了随处可见的槐树、柳树、杨树、松柏等这些常见的树外，如果细细去看，潞园里还有不少“宝”树，让你一见钟“奇”，忍不住要好好观赏一番。

金银木

初中部小操场北边、仁之楼南侧的墙根下，有两株树，一株是金银木，另一株也是金银木。也许平常它们不会引起太多的注意。当你的视线被它们吸引的时候，一定是秋尽冬来，其他树木的叶子已经凋零殆尽，只剩下灰秃秃的树干的时候。你从旁边经过，两树红豆会让你惊呼起来：“都冬天了，树上还有果子?”是的，这两棵金银木正红果累累，红得热烈，红得温暖，让人瞬间忘记了此时正是冬季。这正应了金银木的另外一个名字——忍冬。

我发现金银木，是在一个冬天的夜晚。从四食堂吃完饭出来，离晚辅导还有一点儿时间，我的脚步就慢了下来，准备散步到天钦楼的教室。天上月亮半弯，朦朦胧胧。操场边上的路灯亮着，夜色半明半暗。一束光正好照在金银木上，我心里惊叫着跑到树下，仰着头，转着圈地观赏满树的红果。这就是传说中的红豆吧！

“红豆生南国，春来发几枝。愿君多采撷，此物最相思。”我没见过南国的红豆树，但眼前的红果完全满足了我对红豆的想象。你看它，鲜红如血，晶莹如珊瑚珠，温婉而热烈，用它来寄托缠绵的相思、炽热的爱恋再合适不过。

我拿出手机，对着缀满红豆的枝条拍照。手机的识物功能竟显示眼前的景物是花卉。可不是吗？在夜晚深邃的天空的背景下，金银木的枝条上仿佛缀满了红色的花苞，即将凌寒绽放。

其实，金银木的花也很美。春末夏初，金银木浓密的绿叶间，繁花簇簇，黄白间杂，惹来蜂蝶无数。而这花，就是一味重要的中药——金银花，具清热解毒之功效。

秋天，金银木开始结果，红果满枝，鲜艳夺目。而且经冬不凋，就有了上面我看到的一幕。期待着一场瑞雪降临，到时，雪挂枝头，红白相映，如梅雪争春，该有多么的美妙！

大概正是这种经历过寒冬淬炼的树，它的花才具有清热解毒的功效吧。就像凌过霜的菊花，亦能清热解毒，平肝明目。

明开夜合

潞园里有那么多树，没有比它再丑的了。第一眼看到它，我心里惊叫，这是树中的卡西莫多吧，太丑了！树干扭曲，满身的疙疙瘩瘩，树皮还裸露着一块。

“儿何形的脸，四面体的鼻了，马蹄形的嘴，参差不齐的牙齿，独眼，耳聋，驼背，难听而忠厚的声音……似乎上帝将所有的不幸和丑陋都降临在了他的身上。”这是《巴黎圣母院》中对卡西莫多的描写。何其相似！我也不禁发问：难道上帝也将所有的不幸和丑陋都降临在了这棵树的身上吗？

这棵树长在天钦楼后的草坪边上。看看它身边的树，每一个都比它顺眼。高大粗壮的银杏树，像个伟男子，在展示他强壮的筋骨。槐树因为冠以国字的称号，也似乎更显庄重。还有不远处黄昆楼外的玉兰、竹子，那更是树中的美人、君子。就是把它削皮挫骨，来个最高级的整容术，也赶不上人家一二吧。

可它偏偏有个好听的名字——明开夜合。

百度了一下。明开夜合，又名白杜，卫矛科。主要价值，列在第一位的竟然是“观赏”！

> 树冠卵形或卵圆形，枝叶秀丽，入秋蒴果粉红色，果实有突出的四棱角，开裂后露出橘红色假种皮，在树上悬挂长达两个月之久，引来鸟雀成群，很具观赏价值，是园林绿地的优美观赏树种。园林中无论孤植，还是栽于行道，皆有风韵。……由于白杜枝、叶、果俱美，抗病性强，适应性广，在城市园林、庭院绿化中越来越得到重视。

天啊，这是说的眼前的这棵树吗？简直风马牛不相及呀！如果百度上写的是对的，那眼前的这棵树肯定不是明开夜合。虽然它的树身上挂着蓝色的牌子，写着它的学名、科名、别名之类的介绍，但那一定是生物组的老师搞错了！我固执地下了结论。

但是，谁知道呢？人不可貌相，树也不能光看树干，也许等到春天，草木萌发，这棵明开夜合也会开枝散叶、郁郁葱葱呢？

梓　　树

一日，和同事在湖边散步，说起学生不知道“桑梓”喻指的就是故乡。同事说：“咱们学校就有梓树。”“是吗？在哪儿啊？”“就那儿！”同事顺手指向德辰山西侧草地上的一片树。我跑过去看，果然，那里有一棵高大挺直的树木，树身上挂着“梓树”的牌子。

怪学生“无知”，我也是有眼不识树啊！没想到我们大潞园里就有梓树。

《诗经·小雅·小弁》篇有这样的诗句，“维桑与梓，必恭敬止”。朱熹《诗集传》解释说：“桑、梓二木。古者五亩之宅，树之墙下，以遗子孙给蚕食、具器用者也……桑梓父母所植。”在古代，桑树可以用来养蚕织丝，梓树可以用来做炭薪、造器具，都与人们的日常生活关系密切。因此，古人喜欢在屋前屋后种上桑梓。这句诗的意思是：面对父母亲手栽种的桑树和梓树，顿生恭敬、敬爱之心。可见梓树在古人心目中的位置。

后来，“桑梓”也成了故乡的代称。汉代张衡《南都赋》有云：“永世克孝，怀桑梓焉；真人南巡，睹旧里焉。”唐代的柳宗元《闻黄鹂》诗也有：“乡禽何事亦来此，令我生心忆桑梓。”其中的“桑梓”指的就是故乡。还有少年毛泽东的著名诗句：“埋骨何须桑梓地，人生何处不青山”，表达了要离开家乡，去更广阔的天地创立一番伟业的远大志向。

梓树用途广泛，可制多种器具，特别是制琴的好材料。《诗经·鄘风》中有：“树之榛栗，椅桐梓漆，爰伐琴瑟。”就是讲采伐桐木和梓木制作琴瑟。梓木常用来制作琴底，桐木被用来制作琴面，二者结合，振动性极佳，琴声淳厚幽远，因此有“桐天梓地”之说。梓树还用于雕版印刷。把稿件交付刊印叫“付梓”，即源于此。

其实，很多学生的名字里也有“梓”字。大概就是因梓树为可造之材，寄托了父母对孩子的美好憧憬，希望他们也可以像梓树，成为栋梁之材吧。

这么一棵有文化的树，真得好好介绍给学生了。

自从留心起树来，发现潞园里还有不少以前不认识的树，如协和湖北岸有一棵栾树，人民楼学生处门前有一棵楸树，叔和楼后面有山楂树，围着协和湖还有好几棵榆钱树……每一棵树身上，都有挖掘不完的植物的、人文的知识，只是我们常常忽略了它们，很少去关注它、思考它。以后有空，要好好看看这些潞园里“有料”的树。

2022. 2. 27

潞园花事忙

没有统计过，潞园里到底有多少种花。只知道，从初春第一食堂门口那株山桃花绽开，潞园的花就开始次第开放，越开越热闹。

第一食堂门口的山桃是春天的使者。当潞园的草木还在料峭春寒中瑟瑟发抖的时候，它红红的花苞传来了春的消息。不几天，花苞绽放，粉嫩的花瓣，疏疏朗朗地开在枝头。食堂深灰色的墙壁是绝好的背景，衬得山桃花竟有几分古典的韵味，颇有梅花不畏寒冷之姿。每次经过，脑海里都会涌出“江南无所有，聊赠一枝春”的诗句，觉得可以改成“潞园无所有，聊赠一枝春”。有这一株山桃，潞园就有了春天。

大概是嫉妒山桃占了先机，不几天，博唐亭边的李树、桃树也竞相开放，而且开得极其热烈，好像要告诉整个潞园：瞧，我们开了！势将所有人的目光都吸引过去。远远望去，粉色、白色的花朵开满枝头，真有云蒸霞蔚之感。德辰山下的连翘、迎春当然也不遑多让，不几天就开了个“满坡尽带黄金甲”。

时近清明，该是人民楼前的玉兰进入繁盛期的时候了。赏花的脚步又匆匆从博唐亭跑向人民楼。如果说桃李是娇俏的小家碧玉，玉兰就是端庄典雅的大家闺秀。白玉兰冰清玉洁，红玉兰粉面含春。两棵玉兰，一左一右，挺立在人民楼前，就是潞园的半个春天。

玉兰还未开罢，它身边的樱花已经迫不及待了。谁说赏樱一定要去玉渊潭？与其去玉渊潭看人山人海，不如独立樱花树下，一阵风过，也许会得“落花人独立，微雨燕双飞”的意境，也许也能感悟到一点儿大和民族的“物哀”之美。

接下来，已经搞不清哪种花先开、哪种花后开了。一场春雨过后，还没来得及赞叹红楼后面的梨花“真是梨花一枝春带雨”啊，又听说博唐亭下的丁香开了。赶紧默念着“我希望逢着/一个丁香一样地/结着愁怨的姑娘”的诗句，奔向博唐亭。果然，丁香花正在春风中轻轻地向人颔首致意。大概确实是结着愁思的缘故，紫色的十字小花，纤小柔弱，惹人怜爱。说到丁香，校史馆门前也有一种丁香树，名字很霸气，叫“暴马丁香”。每年的五六月份开放，花的气味也和它的名字一样，“伤害性”不大，“攻击性”极强。可知，古往今来的诗人吟咏不绝的丁香一定不是暴马丁香。

之后，不用赶趟儿似的赏花了，只要沿着协和湖走一圈，看到哪里都是花。深红、浅红的碧桃花，重重叠叠的榆叶梅，清丽动人的海棠花，紫蝴蝶一般的鸢尾花……春波荡漾的协和湖被花围住了，仿佛穿上了一条百花裙。

春天的花开得热闹，花期一到，也纷纷谢幕。东南风一吹，潞园到处一派“花谢花飞花漫天”的景象。但是，在潞园，你不会有“林花谢了春红，太匆匆”的遗憾，也不会有“知否知否，应是绿肥红瘦”的伤感。春花谢了夏花开，潞园的花事繁忙着呢。

瞧，暮春时节，紫藤广场的花架上，紫藤已经如瀑如布了。五六月份，解放楼后面的黄刺玫金黄耀眼，女生宿舍楼前正是“五月榴花照眼明”，协和湖边的芍药花娇艳欲滴。再往后，天气一天比一天热，还有萱草花迎着骄阳开得灿烂。如果想找清凉的去处，那就到荷塘边走走吧。一池塘的荷花，你尽可以远观慢赏。

花期最长的月季花，从夏天一直开到秋天。协和湖边长长的一条月季花带，像一条七彩斑斓的彩虹！初中部的月季花圃，繁花锦绣。一场早来的大雪，非但没有摧倒它，反而雪润花更娇，格外的美丽动人！

古人感叹：“开到荼蘼花事了！”相比之下，潞园的花期真是长啊，足足开了三季。大家赏足了，美够了，心中了无遗憾。

冬天来了，潞园草木寂静，雪落无声，那又怕什么呢？玉兰树上一颗颗小毛猴似的叶芽，正做着开花的梦呢！

2022. 3. 2

后　记

距离上一本散文集《苦乐年华》的出版，已经过去了五年。我工作的潞河中学又要迎来一百五十五岁的生日。和一所历史悠久的学校比起来，人的一生太短暂。何况是生命中的区区五年，真的是一晃而过，转瞬即逝。

当我惊觉到这一点，试图回忆这五年来我都干了些什么，脑子里竟是一团团模糊的影子，交叠着，晃荡着，不成形，不显像。我顿时紧张起来："这五年我到底干了些啥?"迫切地想要知道答案。还好，还好，我留下了一点儿文字，它们记录了光阴的故事。虽然少，虽然不精彩，但至少证明我确实在这五年的时光中存在过、生活过、感受过、思考过。这样，我的心才稍稍安定下来。

慢慢地整理这些文字，我又重走了一遍五年的历程。我的人生路途很简单，绝大部分时间是学校到家的两点一线。少有的"远走高飞"也是和工作有关。寒暑假偶尔的远游在这五年间也因疫情的原因，夭折的夭折，搁浅的搁浅。

如此简单，无大事可记，无宏论可发。但我依然捡拾起途中的点点滴滴。草叶也好，石子也罢，像两三岁的孩童，一路跌跌撞撞地走，一路零零碎碎地捡，抓在手里，装进口袋，回头，欣喜地展示给妈妈看。

母亲会把它们当"宝贝"的，老父亲的眼睛比以前更花了，但他依然会逐字逐句地念给母亲听。亲朋师长会把它们当“宝贝”的，因为他们偏爱我，可以不顾原则地夸奖我、勉励我。但我心里清楚，这哪是什么“宝贝”啊，就是草叶瓦砾而已。琐碎的日常，幼稚的思考，普通的风物，它们构成了我生命途中的风景。没有壮丽的山川，只有涓涓的溪流，一路伴我走过了又一个五年。

我多想有点石成金的本事、变废为宝的本领啊！可是，天资有限，勤奋不足，我没有如椽巨笔，也不会妙笔生花，我只能老老实实地做一个记录者，用我粗鄙的文字记录一点儿途中的所见，并厚着脸皮，把它们呈现给关爱我的人看。

感谢潞河中学特级教师李岫泉老师为我倾情作序。李老师博大精深的文学造诣也一直让我高山仰止。能得他的宝文和鼓励是我偌大的荣幸！感谢马合省老师，为我精心编辑了上一本集子后，语重心长地鼓励我要继续写，又欣然为我的新书付梓劳心费力。感谢潞园文学社的张丽君老师，她在为学校文学社培育文学新苗的工作中孜孜以求、不知疲倦的精神激励着我。

更要感谢我工作了十六年的潞河中学。学校领导对一个普通老师的小小爱好的大力支持让我感动；老教师在我遇到挫折时父兄般的关心温暖我的心田；同一战壕里并肩战斗的同事给我长久的陪伴；朝气蓬勃的学生们让我在教育的园地里埋头苦耕，不敢懈怠。

还有美丽的潞园！潞园里的一山一湖，四季美景，源源不断地给我美的滋养，让我不必去往远方，也能得到诗的浸润。

平凡的人生途中，有这么多值得感谢、感恩的人和事，幸运如我，夫复何求?!

作者
2022. 3. 8